Reise zu dir

und noch einmal ans Meer

Laetitia Deeg

Buchbeschreibung:

Jahre nach dem zu frühen Tod ihres Mannes hat Natalie es satt, weiterhin allein zu bleiben. Doch mit Anfang vierzig ist es nicht leicht auf dem "Restemarkt", wie sie es nennt, einen Partner zu finden. Als sie sich in einen Hund verliebt, der ausgerechnet in Süditalien in einem Shelter wartet, gönnt sie sich eine Auszeit und reist mit dem Wohnmobil dorthin. Bald bemerkt sie, dass Sammy kein gewöhnlicher Hund ist.

Er hat eine besondere Gabe. Er hat Vorahnungen. Er hilft, ein Geheimnis zu lüften. Und er will leben. Nur eins hat er nicht – Zeit!

Die Autorin

schreibt unter ihrem Pseudonym und stammt von der norddeutschen Küste. Nach den Erfolgen der Militärromantik-Bücher (s. letzte Seiten) widmet sie sich diesmal ihrer Vorliebe zu Hunden und Reisen – insbesondere hier – Italien. Emotionale Geschichten mit Spannung und Tiefgang – inspiriert durch einen der weltbekanntesten amerikanischen Liebesromanautoren.

Reise zu dir
und noch einmal ans Meer

»Seelenverwandte suchen nicht,
sie finden sich und ist der Weg noch so weit.
Sie ruhen nicht, bis ihr Herz geöffnet ist
und die Liebe darin wohnen kann.«

Impressum

Bibliografische Information der Deutschen Nationalbibliothek: Die Deutsche Nationalbibliothek verzeichnet diese Publikation in der Deutschen Nationalbiografie; detaillierte bibliografische Daten sind im Internet über dnb.de abrufbar.

1. Auflage
©2024 Laetitia Deeg

Verlag: BoD · Books on Demand GmbH, In de Tarpen 42, 22848 Norderstedt
Druck: Libri Plureos GmbH, Friedensallee 273, 22763 Hamburg

ISBN: 978-3-7693-1220-1

Lektorat/Korrektorat: Hermann Severin
Umschlaggestaltung: Autorin
Umschlagmotiv: Edgar Bullon's Images

Website: www.laetitia-deeg.de
E-Mail: info@laetitia-deeg.de
Instagram: laetitia_deeg_schreibt
Facebook: Laetitia Deeg

Inhaltsverzeichnis

Kapitel 1 – Recherche

»Oh mein Gott! Ist der süß! Ihn oder keinen!« Als ob Natalie mit weit aufgerissenen Augen mehr sehen könnte, stierte sie auf den Bildschirm. Gebannt verfolgte sie das Video, das seinen demütig gesenkten Kopf mit diesen glanzlosen braunen Augen in Nahaufnahme präsentierte. Bei keinem der unzähligen anderen bemerkte sie diesen traurigen Blick, der sie direkt ins Herz traf. Sein karamellbraunes, zotteliges Fell stand in alle Richtungen ab, und seine gebeugte Sitzhaltung vermittelte einen schüchternen Charakter. Auf den meisten Fotos blinzelte er ängstlich aus seiner Holzhütte heraus. Scheu suchte er dort Schutz vor der Kamera, wenn sie sich ihm näherte. Die Ursache seines Verhaltens lässt sich aus der Beschreibung erahnen: Er sei von anderen Hunden ohne Gegenwehr angegriffen worden. Darum wurde er zu seinem Schutz in einem kleinen Gehege am Rande des Shelters separiert, hieß es in seiner traurigen Vita.

Natalie schluckte, als sie seine Geschichte las. Die Tierschützer retteten ihn aus dem Canile, dem städtischen Tierheim in Süditalien. Eine mit Betonmauern umhüllten Hölle ohne Sonnenlicht, aus dem nur selten eine der gequälten Kreaturen entkam.

»Was hast du alles durchgemacht? Wie lange warst du hinter diesen Mauern?«, flüsterte Natalie erschüttert vor sich hin, als sie ruckartig aus ihren Gedanken gerissen wurde. Schonungslos lange hielt jemand die Haustürklingel gedrückt. Vermutlich der stets unter Zeitdruck stehende Postzusteller, mutmaßte sie.

Zu selten kehrten Freunde in ihr kleines renoviertes Haus am Stadtrand ein. Sie zogen sich zurück, genauso wie sie selbst, weil sie sich seit dem frühen Tod ihres Mannes in ihr Schneckenhaus verkroch. Die Schutzmauer ihrer Seele vor mitleidigen Blicken.

»Mahlzeit!«, vernahm sie überrascht und schluckte ihre zurechtgelegten Worte wegen der Störung schnell hinunter, als sie ihre Freundin erkannte. »Du schon?« Und mit Blick auf ihre Bäckertüte kam ihr blitzartig die Erkenntnis, dass ihre Hunderecherche am PC mehr Zeit in Anspruch genommen hatte als vorgesehen.

»Du hast es vergessen. Du hast unser Frühstück vergessen. Wieder mal. Als wärst du Projektmanagerin bei der NASA. Gibts wenigstens schon Kaffee?« Steffi schritt kopfschüttelnd, aber lächelnd an ihr vorbei, legte die Tüte auf den Tisch, schnappte sich die Kaffeekanne und hielt sie unter den Wasserhahn.

»Sorry, aber ich muss dir dringend was erzählen!«, versuchte Natalie sie neugierig zu stimmen.

»Lenk jetzt nicht ab, was gibt es so Wichtiges, dass du es bis 10 Uhr nicht geschafft hast, Kaffee aufzusetzen?«, rief Steffi augenrollend.

»Ich – ich hab mich verliebt!«

»Was?« Ihre Freundin drehte sich so abrupt um, dass das Wasser aus der Kanne schwappte. »In wen? Wo? Und wann überhaupt? Warst du gestern noch weg? Oh nein – lass mich raten: ein Online-Date. Hast du ihm schon Geld überwiesen?«

»Spar dir deinen Sarkasmus, du wirst dich genauso in ihn verlieben!«

»Das bezweifle ich und schon gar nicht von heut auf morgen. Wie sieht er denn aus?« Steffi hob zweifelnd ihre perfekt nachgezogenen Augenbrauen und versuchte gar nicht erst, ihre ausgeprägte Neugier zu verbergen.

»Er hat braune, warmherzige Augen, buschige Augenbrauen, ...«

»Ein Opa?«, unterbrach Steffi.

»Nein, er ist im mittleren Alter, ein bisschen schüchtern und – komm, ich zeig ihn dir.« Natalie zerrte ihre Freundin vor den Bildschirm und zoomte den von ihr auserkorenen zukünftigen Lebenspartner größer. Steffi rückte ihre schwarz gerahmte Designerbrille zurecht und spitzte ihren rot bemalten Mund.

»Ein Hund?« Sie trat erst einen Schritt entsetzt zurück, um ihn dann ohne Brille nochmal genauer zu betrachten. »Ach ist der süß!«

»Ich hab dich gewarnt«, grinste Natalie hinter ihrem Rücken.

»Du spinnst ja Natti, das ist doch kein Mann! Außerdem – woher ist er denn – aus Italien?«

»Na und? Matteo war auch Italiener.«

»Ja. Und er war dein Ehegatte. Du solltest dich nach Zweibeinern umschauen.«

Es versetzte Natalie einen kurzen Stich, als sie den Namen ihres Mannes erwähnte, wie bei allem, was sie an ihn erinnerte. Trotzig setzte sie sich an den Küchentisch. »Ich finde keinen halbwegs anständigen, gesellschaftsfähigen Mann. Im mittleren Alter sind doch alle verheiratet, schwul oder haben einen an der Klatsche«, schmollte sie wie ein Teenager.

Steffi legte ihren Arm um sie. »Hey, jeder Topf findet seinen Deckel. Aber wenn es nicht gerade der Postbote ist, in den du dich verlieben könntest, musst du schon raus aus deinen vier Wänden und dich dem Markt präsentieren, damit der Restemarkt, wie du es immer nennst, wenigstens eine Chance hat.«

»Ich hab es satt, ich guck beim Einkaufen, in der Arbeit, in der Bahn und was weiß ich wo. Wenn mein Deckel irgendwo herumläuft, dann anscheinend nicht hier. Außerdem hab ich mit dem Hund einen Ansprechpartner, jemanden zum Kuscheln und einen Beschützer«, trotzte Natalie.

Steffi lachte. »Na, mit deinem Zottelteppich spricht dich erst recht keiner an, aber wenigstens kommst du mal raus. Es gibt bestimmt noch mehr, die ihre Flöhe im Hund spazieren führen.«

»Du hast gut lachen, du bist ja nicht allein.«

»Na ja, du weißt doch, mein Göttergatte ist entweder in seiner Praxis oder macht Hausbesuche. Wenn ich Sex will, muss ich schon die Notrufnummer wählen, damit er kommt. So wenig

Zeit wie er für mich hat, würde das als Indikation 'Notstand der Ehefrau' bestimmt durchgehen.«

Natalie kicherte: »Solange er dich nicht an einen Kollegen überweist.«

»Oder mir irgendwann einen Termin gibt«, fiel Steffi lachend mit ein und nahm zwei Tassen aus dem Küchenschrank.

Du kannst ihn wenigstens anrufen, dachte Natalie.

Steffi fing ihren traurigen Blick ab: »Komm, zeig mir nochmal dein Fellknäuel und heute Abend gehen wir mal wieder ins *Gino*, da sind bestimmt auch ein paar Italiener.«

»Ja, als Weinflaschen vielleicht«, verzog Natalie gespielt die Mundwinkel nach unten.

Sie frühstückten ausgiebig und Steffi tat, was sie immer tat: Für ihre Freundin potenzielle Lebenspartner schönreden, diesmal italienische.

Für Natalie stand aber fest: Der nächste Mann hat Fell, egal welche Nationalität.

Kapitel 2 – Planung

Am Sonntag schlief Natalie nicht lange aus, obwohl sich die italienische Weinprobe beim Gino bis tief in die Nacht ausdehnte.

Sie setzte sich wieder an den PC und las erneut alle Details über eine mögliche Adoption eines Hundes. Viel Erfahrung brachte sie nicht mit, zumindest hatten ihre Eltern einen Dackel, der sie ständig zwickte, und der jetzige Nachbarshund kläfft jedes Blatt an, das vom Baum fällt. Es regt sich halt sonst nichts in ihrem kleinen Dorf, aber sie fühlte sich wohler als in der Stadt. Ihre Gedanken schweiften ab. Die vielen Paare, die dort glücklich Hand in Hand in den Einkaufspassagen schlenderten, stimmten sie depressiv. Das hektische Treiben des Berufsverkehrs machte sie nervös, und das abendliche, funkelnde Nachtleben hatte sie noch nie gemocht. Sie bevorzugte gemütliche Weinlokale, Restaurants, die gutes Essen noch schätzten statt Schnellimbisse. Oder lieber lustige Kartenspielabende mit Freunden anstelle Discogedröhne.

Sie las weiter. Hundeerfahrung sei zwar nicht Bedingung, aber ein Auslauf. Ihr Garten war groß genug. Er grenzte an ein weitläufiges Feld, wobei das der falsche Begriff war, denn er hatte nicht mal einen Grenzzaun, sondern verschmolz wie zu einer riesigen Wiese.

Auch Zeit für ein Haustier stand ihr genug zur Verfügung. Manchmal zu viel. Durch ihre vorwiegend kaufmännische Arbeit in einer Immobilienfirma hatte Natalie die Möglichkeit zum Homeoffice, die sie bisher nur selten nutzte. Sie schätzte das angenehme Arbeitsklima mit ihrer langjährigen Kollegin Sandra, die gleichzeitig ihre Schwägerin war.

Beide erledigten ihre Aufgaben gern, halfen sich gegenseitig und außerdem fühlte sie sich nicht komplett von der Außenwelt abgeschottet. Im Büro erlaubte ihr Vorgesetzter sogar Hunde, solange sie die Arbeit nicht störten.

Natalie kaute auf ihrem Bleistift und sah träumend durch die Küchenwand hindurch.

Matteo, ihr Mann, hätte gern einen Hund gehabt. Keinen Kuschelhund, sondern einen großen, mit dem man ›was anfangen‹ kann. Matti, wie sie ihn nannte, ein passionierter Rettungssanitäter, wäre sogar zur Hundestaffel gegangen, aber in Stuttgart war keine Stelle frei und hier auf dem Land gab es nur selten Einsätze für Hunde.

Seufzend betrachtete sie immer wieder die dargebotenen Bilder von ›Orsetto‹ – so nannten die Tierretter den Mischlingsrüden – und heißt so viel wie ›Bärchen‹. Er war nicht angekettet, aber sein umzäuntes Gehege wirkte trist und sandig. Nur ein kleiner Baum spendete etwas Schatten. Der Streuner wurde angeblich in einer Wohngegend gefangen, wo er sich auf der Suche nach Nahrung an Mülltonnen zu schaffen machte.

Natalie schickte die Anfrage ab und informierte sich dann, wann die Tiere nach Deutschland transportiert wurden. Jetzt im September war der Transporter bereits unterwegs und vor Weihnachten würden grundsätzlich keine Hunde in ihre neue Heimat überführt.

»Was? Wenn, dann erst nächstes Jahr? Viel zu lange«, entschied sie und recherchierte nach weiteren Optionen. Jede Menge Fragen blieben unbeantwortet, obwohl die Webseite umfangreich informierte. Die Tiere würden aufgepäppelt und nur im gesunden Zustand den neuen Besitzern übergeben, allen erforderlichen tierärztlichen Untersuchungen unterzogen und die notwendigen

Papiere mitgegeben. Der Verein schien seriös, aber das Tierheim überfüllt.

Wie viel Leid musste diese Vielzahl an Hunden ertragen? Was sind das für Menschen, die Tiere quälen und nur am Profit interessiert sind, bevor die Tierretter sie erlösen?, fragte sich Natalie und errechnete die Route bis Süditalien.

»Puh, mehr als 1300 Kilometer mit dem Auto«, murmelte sie und verfolgte die vorgeschlagene Route. Bodensee – Mailand – Florenz ..., wieder schweifte sie ab, sah über den Bildschirmrand auf das Foto ihres Mannes. Er lächelte darauf, und als sie wie so oft in seinen dunkelbraunen Augen versank, hörte sie ihn fragen: »Na? Hat dich wieder das Reisefieber gepackt? Weißt du noch, in Florenz ...?«

Natalie schloss lächelnd die Augen. *Unsere erste gemeinsame Reise im Wohnmobil. Du wolltest mir dein Heimatland zeigen. Die erste Nacht in Florenz. Allerdings hatten wir den Grill vergessen und brieten die Steaks mit ordentlich Knoblauch im Innenraum. Es stank fürchterlich und der Qualm waberte in alle Ritzen. Die Campingnachbarn waren besorgt und gaben uns ungefragt Ratschläge. Wir schliefen im Vorzelt und kümmerten uns mehr um die Insekten als um uns. Der nächste*

Campingplatz in der Nähe einer Industrieanlage war da weitaus romantischer, und weil die Maschinen sogar nachts liefen, konnte uns auch niemand hören.

In Rom fühlten wir uns schon wie erfahrene Camper, zumindest so lange, bis wir nach einstündiger Suche endlich unseren Stellplatz wiederfanden. Wir beschlossen dann, von den Weinproben etwas Abstand zu halten.

Natalie blinzelte, sodass sich eine Träne löste, sah auf die Uhr und fuhr den PC herunter.

Schnell wischte sie sich im Bad die verschmierte Wimperntusche weg, damit sie Steffi nicht wieder Anlass zur Sorge geben musste.

»Was? Wie willst du denn da hinkommen – mit dem Auto? Dann den großen unbekannten Hund einladen und die ganze Strecke wieder zurück? Du spinnst.« Steffi ließ sich durch ihre Freundin nicht unterbrechen, so entrüstet war sie. Die beiden saßen, wie verabredet, im *Café Böhnchen* und diskutierten über Natalies Reisepläne. »Dein alter Alfa packt das doch gar nicht mehr so weit.«

»Nein, ich hab mir überlegt ...« Natalie machte eine spannungsgeladene Pause, bevor sie ihren Grund dafür aussprach. Sie war sich nicht sicher, wie Steffi reagieren würde, wenn sie erfuhr, dass sie ihre Meinung änderte.

»Spann mich nicht auf die Folter, rück es schon raus«, forderte Steffi.

»Ich würde gern wieder unser Wohnmobil herausholen«, verkündete Natalie und wartete auf ihre Reaktion.

»Echt jetzt? Die heiligen Wände eurer schönsten gemeinsamen Zeit?« Steffi riss die Augenbrauen hoch, das hätte sie nicht erwartet. Seit dem Unfall von Matteo durfte niemand mehr den Camper berühren. Natalie wollte sich jede Erinnerung ihrer Reisen mit ihm bewahren. Das Wohnmobil stand abgedeckt seit vier Jahren im Schuppen, obwohl es damals fast neu war. Die junge Witwe hätte lieber einen Grundstücksteil verkauft, als die Spuren und Erinnerungen an die glücklichste Zeit ihres Lebens aufzugeben.

»Ich hab mir überlegt, nochmal die Reiseroute abzufahren, auf der Matti mir seine Lieblingsplätze zeigte. Viele liegen genau auf der Strecke nach Süditalien. Irgendwie fühle ich mich ihm dann wieder näher.« Als Natalie spürte, dass der Kloß auf ihre Stimme drückte, deutete sie rasch auf die Karte ihres Tablets und schob es Steffi unter die Nase. Über ihre Brille verfolgte sie die eingezeichneten

Kringel an einer blauen Linie fast bis zum Spann des italienischen Stiefels.

»So weit willst du runter? Allein?« Steffi war jetzt mehr besorgt als entrüstet und sah zu ihrer Freundin hoch, die wie zur Entschuldigung die Hände hob. »Nur auf dem Hinweg, dann ist Sammy ja bei mir. Hoffe ich. Um ihn kennenzulernen, möchte ich mindestens zwei Wochen Urlaub nehmen, besser drei, dann hab ich keinen Zeitdruck, schau mir noch einmal unsere Urlaubsorte an und kann danach vielleicht besser abschließen.«

»Sammy? Der Hund?«, fragte Steffi stirnrunzelnd.

»Ja, ich hab ihn schon mal umgetauft. Bärchen ist doch kein Hundename. Sammy – von Samson, das passt viel besser. Bestimmt hat er dann gleich mehr Selbstbewusstsein, der verschüchterte Kerl.« Natalie packte das Tablet weg.

»Haben sie dir den Hund schon zugesichert? Gibt es da nicht immer so Überprüfungen bei den Leuten zu Hause? Nicht, dass du ein China-Restaurant besitzt, oder so«, grinste Steffi mit theatralisch blinzelnden Wimpernschlägen.

»Du hast recht«, lachte Natalie. »Auf der Webseite steht, dass jemand von der zugehörigen Pflegestelle Deutschland geschickt wird, um die zukünftigen Besitzer und deren Lebensraum kennenzulernen. Den Camper lasse ich in der Zwischenzeit durchchecken, TÜV, Navi-Update – Martin kümmert sich um alles. Hat er versprochen. Er weiß, dass der Innenraum tabu ist, er checkt nur die Technik.«

»Und du willst wirklich ganz allein fahren? Kann dein Bruder nicht mitfahren?«

»Martin muss sich um die Werkstatt kümmern, er macht erst Weihnachten Urlaub.«

»Am liebsten würde ich dich begleiten, aber Ralf lässt mich nicht so lange wegfahren.«

Natalie wehrte sogleich ab. »Nein, nein, musst du nicht, lieb von dir. Ich kenne die Strecke, wenn es auch ein Weilchen her ist. Ich glaube, ich muss mich endlich mal abnabeln. Vorher bin ich nicht bereit für etwas Neues.«

Kapitel 3 – Martin

»So, Schwesterherz, dein Womo ist bereit für mindestens eine Weltreise oder zwei«, lachte Martin und übergab ihr die Fahrzeugpapiere. Natalie starrte abwesend auf die Tür ihres Campers, steckte die Unterlagen in ihre Tasche und sah erneut auf die Tür.

»Hey, ich habe nur die elektronischen Geräte überprüft, innen nichts angefasst, nichts ist verändert.« Martin fasste Natalie sanft an ihren Schultern und blickte sie ernst an.

Sie nickte nur und richtete den Blick verschämt auf den Boden.

»Möchtest du reingehen?«, fragte ihr Bruder sanft.

»Nein. Nein, ich habe noch so viel zu tun und möchte erstmal hier auf deinem Hof ein paar Runden zum Eingewöhnen drehen. Wäre das in Ordnung?«, fragte sie, sah ihn aber aus Scham nicht an. Sie wusste, dass sie glasige Augen hatte und es nicht vieler Worte bedarf, bis der nächste Wimpernschlag, die Tränen zum Überlaufen brachte und ärgerte sich über ihre mangelnde Selbstbeherrschung.

»Danke!« Natalie umarmte ihren Bruder, als er zustimmte. Auch er schlang seine Arme um sie, drückte sie stumm, bis sie ihn losließ.

»Der Schlüssel steckt, übe hier, solange du willst. Und wenn du die Kurve nicht kriegst, dann crash mir bitte nicht in die bereits reparierten Fahrzeuge, okay?«, versuchte er sie aufzumuntern.

Natalie nickte gequält lächelnd, küsste ihn rasch auf die Wange und ging zur Fahrertür. Sie verstaute die Unterlagen, machte sich mit den Fahrzeugfunktionen vertraut, atmete nochmal durch und startete den Motor.

»Achte auf die Höhe!«, rief Martin ihr noch zu und verschwand in der Autowerkstatt.

Ruckelnd lenkte Natalie ihren Camper über den Parkplatz und hielt Abstand zu den vielen Autos, die auf ihre Reparatur oder bereits fertig auf ihre Besitzer warteten. Zweimal würgte sie den Motor ab, aber nach einigen Wende- und Bremsmanövern fühlte sie sich sicherer. Auf ihren damaligen Reisen mit Matteo übernahm meistens er das Steuer und sie die Navigation. Wenn sie sich abwechselten, steuerte sie an seiner Seite selbstbewusst das ungewohnt große Fahrzeug über Italiens

Autobahnen und Landstraßen. Hier allein auf Martins Parkplatz versuchte sie, die Beherrschung nicht nur über den Wagen, sondern auch über ihr Selbstbewusstsein zu behalten. Obwohl ihr eigener Lebensraum um sie herum war, fühlte sie sich wie in einem Raumschiff auf unbekannter Mission und ohne Ahnung von Technik.

»Reiß dich zusammen Natti, denk an Matteo und den Hund!«, schalt sie sich selbst. Verbissen übte sie das Einparken und war froh, dass die Rückfahrkamera ihr dabei half, die Autos der Kunden zu verschonen.

»Klappt doch«, murmelte sie. »Es muss klappen, in Italien wartet ein armer trauriger Hund auf mich«, redete sie sich ein und dachte an die Utensilien, die so ein Tier braucht.

Der Parkplatz vor der Tierhandlung war groß genug, um das Wohnmobil am Rand zu parken. Natalie ließ sich von einer freundlichen Verkäuferin beraten und entschied sich für ein großes flauschiges Hundebett mit Rand, damit der Kopf des Hundes bequem liegen kann. Außerdem eine abwaschbare weiche Hundebox mit Sichtfenster und Gurt. Zwei große Näpfe, Leckerlis, eine Leine und Spielzeug durften ebenfalls nicht fehlen. Italien wird wohl auch Läden für Tierbedarf haben, wenn er noch etwas bräuchte, überlegte sie und packte die Sachen in den hinteren Teil des Campers. Anschließend kehrte sie in den Laden zurück und kaufte verschiedenes Futter, das sie zum Großteil dem Tierheim als Spende überlassen wollte.

Sie verstaute alles rutschfest und verzurrte insbesondere die schweren Dosen.

Wieder zu Hause betrat sie mit Ehrfurcht den Innenraum des Wohnmobils. Sicher, sie hatte nach dem letzten gemeinsamen Urlaub alles gereinigt, aber sie fand außer Matteos graviertem Kugelschreiber seine Haarbürste, aus der sie bedächtig ein schwarzes Haar von ihm zog und kurz die Augen schloss.

Eilig, um sich von aufkommenden Emotionen nicht überwältigen zu lassen, sammelte sie alle Dinge, die sie nicht benötigte ein, spülte sämtliche Küchenutensilien und wischte Staub. Kühl- und Vorratsschränke wurden aufgefüllt und, bis sie die ganze Checkliste abgehakt hatte, fielen ihr schon die Augen zu. Früher belächelte sie Matteo für seinen Perfektionismus, was das Beladen anging. Jetzt war sie dankbar, dass sie die Liste aufgehoben hatte. Mindestens die Hälfte hätte sie vergessen. Damit es nicht so leer aussah, bezog sie beide Betten statt nur einem und legte zwei Wolldecken dazu. In Italien sanken die Temperaturen und die Nächte könnten unangenehm werden, riet ihr Martin, der sie am liebsten begleitet hätte.

Am Mittwoch begutachtete Natalie Haus und Garten damit die Tiervermittlungshilfe, die kurzfristig ihren Besuch angekündigt hatte, nichts zur Beanstandung fand. Ein Problem könnte der fehlende Zaun darstellen, aber das galt es zu besprechen.

Die junge Frau stellte sich als ›Annette‹ vor und wirkte eher wie eine Dame vom Amt als eine Tierretterin. Natalie bot ihr einen Kaffee an und setzte sich zu ihr an den Küchentisch.

»Schön gemütlich haben Sie es hier«, stellte die Dame fest und begann gleich mit der von Natalie befürchteten Frage, warum sie den weiten Weg auf sich nähme und den Hund selbst abholen wolle. Es sei ungewöhnlich, wäre aber schon vorgekommen.

»Nun«, begann Natalie, »die Hunde haben sicher schon viel durchgemacht, Sammy, also Orsetto, wirkt ängstlich, ich möchte mich ihm langsam nähern und sein Vertrauen gewinnen.«

»Das kann unter Umständen Monate dauern, vielleicht wird es nie aufgebaut werden, haben Sie sich das auch überlegt?«, erkundigte sich Annette.

»Natürlich, deshalb möchte ich ihn ja vorher schon kennenlernen, vielleicht bekomme ich auch Tipps von den Menschen, die ihn jetzt pflegen.«

»Oh, die Pfleger tun ihr Bestes, haben aber nicht mal Zeit, sich um die Tiere zu kümmern, die es am meisten benötigen. Fast alle Hunde erlitten ein schweres Trauma, wurden grausam gefangen und ins städtische Canile gesteckt. Manche retteten wir sogar vor der schlimmsten Einrichtung: der Tötungsstation. Ich glaube, Orsetto war auch dabei, aber ich möchte Ihnen Einzelheiten ersparen.«

Natalie erschrak über diese Auskunft, versuchte, sich jedoch zu beherrschen. »Umso wichtiger, wenn sie jemanden finden, der sich intensiv um das Tier kümmern kann.«

»Das ist die Grundvoraussetzung für die Adoption. Sagen Sie Frau Santoro, haben Sie italienische Wurzeln?«

»Mein Mann war Italiener.«

»Entschuldigen Sie – war?«

»Ja, ich bin Witwe.« Natalie senkte Kopf und Stimme.

»Oh so jung, das tut mir leid. Leben Sie allein?«

»Ja«, antwortete sie und hoffte, dass die Vermittlerin nicht weiter in ihrer Wunde bohrte.

»Tut mir leid, aber ich muss Ihnen diese Fragen stellen.«

»Ist schon gut.«

»Wohnen Sie hier zur Miete und wenn ja, sind Haustiere erlaubt?«

»Nein, es ist unser ..., also mein Eigentum. Mein Mann hätte auch gern einen Hund gehabt, darum hielten wir Ausschau nach einem großen Garten.«

»Der nur leider nicht umzäunt ist«, kritisierte Annette. »Sie werden sich um eine Umzäunung bemühen müssen, wenn Sie sichergehen wollen, dass der Hund nicht wegläuft und erneut Gefahren ausgesetzt wird.«

Natalie kam gar nicht zum Antworten, da prasselte schon die nächste Frage auf sie herein.

»Sind Sie berufstätig?«

»Ja, aber nur in Teilzeit und das ist kein Problem, ich könnte den Hund mit ins Büro nehmen oder von zu Hause aus arbeiten.«

»Stellen Sie sich das nicht zu leicht vor, unsere Hunde haben auf der Straße gelebt, sind nicht stubenrein und ängstigen sich vielleicht. Dauerhaftes Homeoffice akzeptiert kein Arbeitgeber.«

»Mein Chef schon, er kennt meine Situation und bot es mir an, aber ich bin nicht gern allein und bin dort abgelenkt.« Sofort merkte Natalie, dass das ein Fehler war, und bekam prompt die Quittung:

»Frau Santoro, ein Hund kann niemals einen Ersatz für irgendjemand sein. Natürlich wird er sie ablenken, aber er wird nicht ihren Mann ersetzen. Außerdem ist ein Büro sicher nicht der ideale Ort für ein verängstigtes Tier. Wie viel verdienen Sie?«

In diesem Moment schob Natalie geräuschvoll ihren Stuhl nach hinten und stand abrupt auf, so dass die Dame von der Vermittlung sie irritiert ansah.

»Das reicht jetzt!« Natalie funkelte die junge Frau wütend an. »Ist Ihnen eigentlich klar, dass ich insgesamt über zweitausend Kilometer fahre, um das Vertrauen eines Hundes zu gewinnen, meine Arbeitszeit und -ort nach ihm richte und mir der Kosten sehr wohl bewusst bin? Dass ich doppelt so alt bin wie Sie und ein bisschen mehr Lebenserfahrung habe? Und auch bereit bin, auf einen Hund zu verzichten, den ich schon bezahlen musste, obwohl ich mir nicht einmal sicher bin, dass wir zusammenpassen und gar nicht mitnehmen kann? Und mein Mann war nicht irgendjemand, sondern ein Mensch, den nichts und niemand ersetzen kann! Ach ja, und wenn Sie meinen, dass der Hund sich wieder hinter Gitterzaun oder

Betonmauern wohler fühlt, als auf dieser großen Grünfläche, lasse ich heute noch die Betonmischer anrollen und eine 10 Meter hohe Mauer ringsum errichten, dann kriegt er auch bestimmt keinen Sonnenbrand!« Die letzten Wörter schrie ihre gedemütigte Seele lauthals ins Gesicht der völlig erschrockenen Annette, die sich langsam und vorsichtig erhob, damit sie Natalie nicht noch mehr Zündstoff für ihren Zorn darbot.

»Außerdem habe ich langsam das Gefühl, Sie wollen den Tieren gar keine Chance auf ein schönes Leben geben.«

»Haben Sie denn noch Interesse an dem Hund?«, fragte Annette kleinlaut und griff mit geröteten Wangen in ihre Tasche, um Natalie die Papiere zu überreichen.

»Dazu werde ich mich entscheiden, wenn ich mich überzeugt habe, dass sich das Tier in meiner Nähe wohlfühlt und Ihre Organisation seriös ist.«

Annette verstand, steckte die Papiere wieder in die Tasche, und wandte sich zum Gehen. Sie nickte kurz an der Haustür und ließ Natalie, die immer noch nach Luft und Fassung rang, allein.

»Ach komm, das junge Ding hakt nur ihre Liste mit Standardfragen ab, die sich irgendein gelangweilter

Jurist einfallen ließ«, versuchte Steffi die verstörte Freundin zu beruhigen. Diese antwortete resigniert:

»Ich glaube, die wollte sich nur wichtigmachen und hat wahrscheinlich weder bei dem Tierschutzverein noch daheim irgendwas zu sagen.«

»Abhaken. Wann fährst du los?«

»Gleich morgen früh. Und wenn sie mir Sammy verwehren, klau ich ihn und behaupte, es wäre eine Befreiungsaktion wegen unzumutbaren Unterkunftsbedingungen.« Natalie fand kurz ihr Lachen wieder, wurde aber ernst, als sie ihre Freundin verabschiedete. »Danke, dass du noch gekommen bist.«

»Und du pass auf dich auf, fahr vorsichtig und melde dich bitte täglich.« Die beiden Frauen umarmten sich und Natalie versprach, sie stets auf dem Laufenden zu halten.

Ihr Bruder erwartete ebenso täglichen Bericht, und versicherte ihr, dass er sie von jedem Ort der Welt zurückhole, wenn sie Probleme hätte. Für dieses Sicherheitsgefühl war sie ihm sehr dankbar. Von ihren Eltern würde sie sich von unterwegs aus verabschieden, sie wusste, dass sie ihre Reise nicht gutheißen würden, und wollte sich keineswegs davon umstimmen lassen. Der letzte Anruf galt dem

Shelter, dem sie ihre ungefähre Ankunftszeit mitteilte und sich vergewisserte, dass es Sammy gut ginge. Sie betrachtete noch einmal sein Bild mit diesem traurigen, aber hoffnungsvollen Hundeblick – und wäre am liebsten sofort losgefahren.

Kapitel 4 – Abfahrt

Natalie schlief unruhig. Aufgewühlt dachte sie lange an das Gespräch mit der Tierschutzbeauftragten und ärgerte sich im Nachhinein, dass diese ihr ein schlechtes Gewissen vermittelte, aber keinen Hund.

Im Geiste fuhr sie die Route bis Florenz ab und beschloss, in der Morgendämmerung zu starten. Sie positionierte Mattis Foto neben dem Lenkrad, er lächelte, und das stimmte sie zuversichtlich.

Den morgendlichen Berufsverkehr bei Ulm ließ sie hinter sich, und um die Vignetten kümmerte sie sich beim ersten Tankstopp. So fuhr sie zügig über die Landesgrenze. Der Fernpass verunsicherte sie ein wenig, für die Kurven und die Berg- und Talfahrten hatte sie keine Routine. Die engen Mautstationen erforderten genaue Zielsicherheit, aber sie tastete sich schrittweise hindurch.

Natalie legte nur zwei kurze Pausen ein, um sich die Beine zu vertreten und sich mit einem Imbiss zu stärken.

In die Innenstadt von Florenz konnte sie nicht einfahren, also peilte sie den Campingplatz im Süden der Stadt an. Um diese Jahreszeit standen genügend Plätze zur Verfügung. Nicht ohne Stolz freute sie sich, das erste Ziel sicher erreicht zu haben und nachdem sie alles gesichert hatte, schnappte sie sich ihren E-Scooter und suchte die imponierende Kathedrale von Florenz auf.

Mit ihrer Kuppel in einer Höhe von 107 und einer Kirchenlänge von 153 Metern gilt sie als die viertgrößte Kirche Europas. Erinnerungen wurden wach. Sie setzte sich, wie damals mit Matteo, in die hinterste Reihe und bestaunte ehrfürchtig die Skulpturen und Gemälde. Nach einem ausführlichen Rundgang zündete sie eine Kerze an und wunderte sich, sie empfand nicht die Traurigkeit, vor der sie sich fürchtete, sondern ein Glücksgefühl, dies alles mit Matti gemeinsam erlebt zu haben.

Die Dämmerung tauchte den Himmel in orange-rotes Licht und bot eine spätherbstlich milde Atmosphäre über der alten römischen Stadt. Eilig suchte sie die Pizzeria, in die sie Matteo damals entführte. Ein angenehmes Prickeln im Bauch durchfuhr sie, als sie sich den romantischen Abend in Erinnerung rief. Zumindest bis zu dem Zeitpunkt, als sie den Rotwein über sein weißes Hemd verschüttete. Sie lächelte, als sie daran dachte, denn sie rechtfertigte ihre Ungeschicklichkeit, weil er ja ihre rechte Hand festhielt.

Sie bestellte sich eine Pizza quattro stagioni zum Mitnehmen, um nicht im Dunkeln den Campingplatz aufsuchen zu müssen, und nahm eine Flasche Rotwein mit.

Draußen war es zu kühl, lieber kuschelte sie sich auf die Polsterbank und ließ sich die Pizza schmecken. Den Wein hob sie sich für später auf, vielleicht erst, um ihn zu Hause zu genießen.

Martin, Steffi und ihre Eltern wurden mit Fotos und Grüßen aus Florenz überrascht und schon klingelte ihr Handy.

»Kind, bist du in Italien? Warum hast du uns nicht informiert?« Natalies besorgte Mutter konnte sie noch beruhigen, aber ihr Papa hätte sie niemals allein fahren lassen, eher wäre er mitgefahren. »Bist du dort ganz allein?«, fragte er entrüstet. »Mensch, das ist doch viel zu gefährlich!«

»Ach, Papa, ich bin kein kleines Mädchen mehr, bin vorsichtig und muss diese Reise machen. Macht euch bitte keine Sorgen, ich rufe Martin an, wenn was sein sollte.« Sie musste versprechen, sich auch bei ihnen täglich zu melden.

Nachdem ihr Vater etliche Ratschläge und Warnungen ausgesprochen hatte, die sie augenrollend über sich ergehen ließ, legte sie sich ins Bett und betrachtete ihre Handybilder, die sie von Florenz in Erinnerung behalten wollte.

Die nächste Etappe plante sie mit Zwischenstopp in Rom und dann bis zur Amalfiküste, auf die sie sich besonders freute.

Am Morgen beim Ausrangieren aus der Parkfläche passierte es. Ein lautes Krachen am Dach ihres Wohnmobils erinnerte Natalie an Martins Worte: »Pass auf die Höhe auf!«. Mit Herzklopfen stieg sie aus und begutachtete den Schaden. Ein handtellergroßes Loch klaffte oberhalb der Windschutzscheibe im Dach.

»Verdammt«, fluchte Natalie und presste die Lippen aufeinander. Ein Dachvorsprung aus Metall durchbohrte das Kunststoffmaterial des Wohnmobils. Sie sah sich um, ob Campingplatzangestellte oder erfahrene Camper in der Nähe waren.

»Sie haben da ein Loch«, bemerkte nur wenige Minuten später ihr Nachbar, ein älterer Herr, und zeigte auf das Leck.

»Meinen Sie, ich muss damit in eine Werkstatt?«, fragte Natalie den Mann.

»Ich kann es mir mal ansehen, wenn Sie wollen, aber es muss auf jeden Fall abgedichtet werden.«

Nachdem Natalie durch Nicken ihre Zustimmung kundtat, betrat der ältere Herr den Innenraum und öffnete die oberen Schränke.

»Es scheint nur die Außenschicht betroffen zu sein, ich kann es abkleben, aber es sollte bald repariert werden. Die Dichtigkeit ist nicht mehr gewährleistet.«

»Wenn Sie so nett wären, ich wollte heute zur Amalfiküste«, bat Natalie.

»Die Küstenstraße ist tagsüber für Wohnmobile und Wohnwagengespanne gesperrt«, berichtete der grauhaarige Herr. »Ich verrate Ihnen einen Geheimtipp, wo Sie Ihr Fahrzeug abstellen und etwa eineinhalb Kilometer zu Fuß in die Stadt kommen. «

Mit einem Werkzeugkoffer und Folie machte sich der erfahrene Camper an die Arbeit und dichtete das Loch notdürftig ab.

»Ich gebe keine Garantie, suchen Sie bald eine Fachwerkstatt auf«, empfahl er und schloss seine Werkzeugkiste.

»Vielen Dank, was bin ich Ihnen schuldig?«, fragte Natalie, aber der Mann winkte ab. »Ehrensache. Achten Sie in Zukunft auf die Höhe!«, empfahl er und verschwand in seinen Wohnwagen.

Gewarnt fuhr sie jetzt vorsichtiger und freute sich – auf Rom.

Kapitel 5 – Amalfi

Als ob der Regen nur darauf wartete, dass sie den Dachüberstand übersah und ein Loch ins Wohnmobildach schlug – es schüttete wie aus Eimern und somit ließ sie Rom rechts liegen. Natalies Gedanken wanderten an die unglaublich vielen historischen Sehenswürdigkeiten, die es in der italienischen Hauptstadt zu bestaunen gab. Beeindruckend und nicht annähernd so, wie es im Geschichtsunterricht gelehrt wurde. Matti und sie hatten nur vier Tage zur Verfügung, bevor sie zum nächsten reservierten Campingplatz aufbrechen mussten – an die Amalfiküste. Erlebten sie doch dort ihre romantischsten Tage der ersten Verliebtheit. Alles passte – das Wetter, die althistorischen Gassen, der Badespaß am Meer ...

»Huch« Natalie war einen Moment unaufmerksam und in den Spurrillen der maroden Autostrada ins Schlingern geraten. Das Wasser spritzte bis auf die Windschutzscheibe und erschwerte ihr zusätzlich die Sicht. Die Scheibenwischer mühten sich hektisch auf schnellster Stufe, die dicken Regentropfen zu vertreiben, und so beschloss sie eine Pause einzulegen, bis sich die dunkle Regenwolke verzog.

Der Parkplatz war gut besucht mit Lastwägen, deren Fahrer ihre Pause einlegten. Wenigstens weilten keine Erholungssuchende auf den Plätzen mit Sitzgelegenheiten. Natalie freute sich auf eine Tasse löslichen Kaffee und naschte von Mattis Lieblingsschokoladenkuchen. Auch diesen hatte sie in den vergangenen vier Jahren nicht mehr gebacken. Für wen auch? Aber jetzt gab er ihr das Gefühl, als gehörte er zu dieser besonderen Reise dazu. Nicht dass Natalie sich keinen Urlaub mehr gönnte. Steffi bat sie stets, sie bei ihren Kurztrips zu begleiten, da sich die Praxis ihres Mannes nur zweimal im Jahr Betriebsurlaub leistete. Und da ihre Freundin Städtereisen liebte oder beruflich dort zu tun hatte, gönnten sich die beiden Frauen diese Auszeiten und erkundeten fast ganz Europa. Nur Italien blieb außen vor. Die Erinnerungen wollte Natalie nicht durch andere Eindrücke überlagern.

Abrupt wurde sie aus ihren Gedanken gerissen, als jemand an ihre Beifahrerscheibe klopfte. Wassertropfen verschleierten die Sicht, schemenhaft erkannte sie eine Person, die mit dem Arm nach oben zeigte. Sie ließ die Scheibe etwas herab und blickte in das Gesicht eines etwa Mittfünfzigers, der ihr in gebrochenem Deutsch einen Hinweis geben wollte. »Auto kaputt – Wasser«, faselte er und deutete an die Stelle, die sie mit dem Dachvorsprung touchierte. Natalie wusste gleich, was er meinte, schnappte sich ihre Kapuzenjacke und öffnete die Tür, um den Schaden in Augenschein zu nehmen. Der Kleber der behelfsmäßig angebrachten Folie hatte sich gelöst. Sie hing zur Hälfte herab, der Regen prasselte ungehindert ins Wageninnere und versetzte ihr einen großen Schreck. Ratlos biss sie sich auf die Unterlippe und sah sich zu der Tankstelle um. Der Mann zeigte auf den Tankwart. Natalie verstand, schnappte sich ihre Tasche und bedankte sich. Auf Englisch versuchte sie den Verkäufer nach Klebematerial zu fragen, fand selbst eine Rolle und zahlte. Sie musste das klaffende Loch verdichten, holte sich den Hocker und wischte den Rand notdürftig mit dem Ärmel trocken.

Obwohl sich der kräftige Schauer zu einem leichten Nieselregen verringert hatte, kam ihr das Abdichten vor, wie Zähneputzen, während man Schokolade isst. Es gelang ihr halbwegs und faltig, aber die Folie hielt. Nur tropfte es im Innenfach von der Klappe herunter und sie mühte sich, mit

Geschirrtüchern das Holz vor weiterer Nässe zu schützen.

Erschöpft von den Überkopfarbeiten nippte sie an ihrem kalten Kaffee und suchte im Handy nach der Wetterapp. Immer wieder kurze Schauer, aber der Küstenstreifen blieb weitgehend wolkenfrei. Natalie fand eine nahegelegene Werkstatt, programmierte den Routenplaner, zog sich um und klemmte sich wieder hinter das Lenkrad. Sie winkte dem Mann, der an die Scheibe geklopft hatte, freundlich zu und begab sich auf die Landstraße Richtung Küste.

Inzwischen gewöhnte sie sich an das große Fahrzeug und Matteos Lächeln stärkte ihr Selbstbewusstsein. Der Himmel klarte weiter auf, je mehr sie sich dem Süden näherte. Gerne hätte sie noch einen Abstecher nach Neapel eingeplant. Hier erinnerte sie sich, wie Matteo sie zu Alberto, einem Freund von ihm, einlud. Der machte Natalie gleich Avancen. Als Matteo schon den Eifersüchtigen spielte, trieb Alberto es auf die Spitze: »Natalia, Bella, komm mit mir, wir Neapolitaner sind die besseren Liebhaber.«

Bis Matteo konterte: »Ja, und wenn der Mafiosi dich satthat und loswerden will, könnte er es auch wie einen Unfall aussehen lassen.«

»Hey ...« Die beiden lachten und beschimpften sich auf Italienisch, aber Natalie fühlte sich wohl, denn Albertos Familie schloss sie gleich ins Herz, sie wäre jederzeit wieder willkommen. Ein Lächeln lag auf ihren Lippen bei diesem Gedanken, sie besann sich jedoch auf das Ziel ihrer Reise.

Nach vier Stunden erreichte sie die Werkstatt nahe Pompei und ärgerte sich, dass sie Matteos Angebot, Italienisch zu lernen, dankend abgelehnt hatte: »Es reicht doch, wenn es einer kann, mir reicht mein Englisch.« In diesem Fall nur leider nicht, der Mechaniker verstand kein Wort, bis sie ihm die Folie am Dach zeigte. »Mamma mia, nix möglich, spät und Maschine kaputt, scusi.«

Enttäuscht wandte sich Natalie ab, ob sie ihm das glaubte oder nicht. Sie fuhr zum Campingplatz und würde von dort aus eine andere Werkstatt anrufen.

Der Platz war nicht groß, aber auch nicht gut besucht. Außerdem war er baumlos, was Natalie sehr begrüßte. Als sie ihre Papiere an der Rezeption vorlegte, sah sie sich einem jungen Angestellten gegenüber, der sie zwar mehr musterte als ihren Personalausweis, aber sie einwandfrei verstand. »Reservierungsnummer?«, erkundigte er sich mit einer hochgezogenen Augenbraue.

»Ich wusste nicht, dass ich eine brauche, laut Internet sei der Platz um diese Zeit nicht zu voll.«

»Brauchst du. Du allein reisen?«

Natalie wich seinem durchdringenden Blick aus.

»Ja, aber ich bleibe nur eine Nacht.«

Der Mann gab ihr den Schlüssel für die sanitären Anlagen und verlangte einen höheren Preis als auf der Preistafel angezeigt. Da sie müde war und keine Lust auf Diskussionen hatte, bezahlte sie und nahm den Lageplan mit dem angekreuzten Platz entgegen. Als ob er jetzt Anfang November mehrere Busse erwartete! Sie stand isoliert von vier weiteren Wohnmobilen, wovon zwei Besitzer gerade mit dem Abbau beschäftigt waren.

Natalie fand den Platz samt Personal befremdlich, es war ihr aber zu spät, um sich etwas anderes zu suchen. Der kleine Kiosk hatte saisonbedingt geschlossen, daher begnügte sie sich mit einem Sandwich aus ihren Vorräten und kontrollierte anschließend die Folie am Dach. Das Ehepaar, das mit der Demontage ihres Vorzelts routiniert war, nickte freundlich zu ihr herüber. Natalie erkannte ihr deutsches Kennzeichen und winkte. Sie machte es sich auf ihrem Campingstuhl bequem und meldete sich per Kurznachricht bei ihrer Familie und Steffi. Im Anschluss daran durchforstete sie das Internet nach weiteren Werkstätten in unmittelbarer Umgebung.

Das betagte Paar hielt auf dem Weg zur Rezeption bei ihr und wünschten einen »guten Abend.« Sie grüßte zurück und schaute zu deren Camper, der reisefertig parat stand. »Reisen Sie heute noch ab?«

»Ja, das Wetter wird uns hier zu ungemütlich und nächste Woche soll es sogar durchregnen. Das können wir genauso gut in Deutschland haben. Mit dem Leck in Ihrem Dach sollten Sie besser nach Norden fahren«, meinte der graubärtige Herr.

»Ich wollte ins Landesinnere, Richtung Potenza«, antwortete Natalie.

»Wir kommen von dort. Die Einwohner schützen ihre Häuser schon mit Sandsäcken. Um diese Zeit kann es auch Erdrutsche geben. Lassen Sie auf jeden Fall Ihr Dach reparieren«, riet ihr die gleichwohl ergraute Dame sorgenvoll.

»Kennen Sie vielleicht eine Werkstatt in der Nähe?«, hoffte Natalie.

»Leider nein, aber selbst wenn, die Menschen werden sich um ihr eigenes Hab und Gut kümmern. Bleiben Sie nicht zu lange oder suchen Sie sich eine Unterkunft in höheren Lagen«, empfahl der Mann und nahm die Hand seiner Frau, um seinen Weg fortzusetzen.

»Ja, vielen Dank und gute Heimreise«, wünschte Natalie den beiden und beneidete sie. Wie schön, sich im hohen Alter die Hand zu halten, dachte sie.

Es dämmerte und nachdem sie ihren Stuhl zusammenklappte, zog sie die Rollläden herunter und ging duschen. Allerdings in ihrem eigenen Bad im Camper. Alleine bei den sanitären Anlagen erweckte in ihr keine angenehme Vorstellung. Mit Handtuch um ihr nasses Haar und in langem T-Shirt, das sie nachts trug, studierte sie die weitere Reiseroute Richtung Tierheim. Morgen Nachmittag war ihr vereinbarter Termin und vorher musste sie unbedingt an die Brücke der Amalfiküste. Sie zuckte zusammen, als es an der Beifahrertür klopfte. Sie erkannte den Rezeptionisten, der in italienischer Manier mit den Händen herumfuchtelte. Erschrocken senkte sie die Scheibe.

»Signora, ich kann helfen, Dach reparieren, kommt Regen«, erklärte er.

»Danke, aber jetzt am Abend sehen Sie doch nichts«, schüttelte Natalie den Kopf.

»Haben Sie große Riss gesehen?« Er zeigte an eine Stelle unterhalb des Daches.

Sie zog sich eine Jacke über und spähte in der Tür stehend hinauf, sah aber selbst mit der Handylampe nichts Auffälliges. Der Italiener drängte sie zur Seite. »Ist innen sicher alles nass!« Schon stieg er die Stufen hoch und öffnete die Frontklappe im Innenraum.

»Hey, was soll das?«, protestierte Natalie erbost und folgte seinem Blick auf ihre unbekleideten Beine. »Gehen Sie, ich kümmere mich morgen darum«, forderte sie ihn auf.

»Kann ich dir noch mehr helfen ...« Dreist legte er seine Hand um ihre Hüfte und zog sie unsanft an seinen Körper. Natalie wehrte sich, ihr Herz raste vor Angst. Schon spürte sie seine schmutzigen Hände an der Innenseite ihrer Schenkel. Sie fiel zurück und rutschte zwischen Fahrersitz und Lenkrad. Im Handgemenge wurde Matteos Fotorahmen von der Armatur geschleudert und stürzte laut zersplitternd auf die Stufen. Verzweifelt versuchte sie, diesen aufdringlichen Mann mit seinem gierigen Blick und seinen grapschenden Händen abzuwehren. Das Handtuch rutschte ihr vom Kopf, die nassen Haare wirbelten bei ihrem aussichtslosen Abwehrkampf nur so herum. Panisch stellte sie fest, dass das ältere Ehepaar den Platz schon verlassen hatte. Sie drückte auf die Hupe und es blieb ihr nur zu hoffen, dass ihr irgendjemand bald zur Hilfe kam. Der Mann unterbrach sein widerwärtiges Betatschen und schlug ihre Hand von der Hupe. Dann begann sie, so laut es ging zu schreien und trat ihrem Widersacher, so fest sie konnte, zwischen die Beine. Der krümmte sich vor Schmerzen. Natalie sah ihre einzige Chance, ihn loszuwerden, darin, dass sie erneut zutrat. Er fiel rückwärts die Stufe hinunter und stürzte auf den Kiesplatz. Als sie erkannte, dass er sich – offenbar unverletzt – aufzurichten versuchte, startete sie den Motor und drückte das Gaspedal durch, bevor sich ihr Peiniger, der sich stöhnend aufrappelte, wieder auf sie stürzen konnte. Während er ihr vermutlich italienische Schimpfwörter zurief, warf sie ihm den Sanitäranlagenschlüssel zu. Der landete in der Hecke, werfen konnte sie noch nie. Mit durchdrehenden Reifen fuhr sie auf die Ausfahrt zu, ignorierte die scheppernden Kiessteine, die an den Unterboden prallten, und realisierte erschrocken die geschlossene Schranke an der Pforte. Die Vollbremsung brachte das Fahrzeug fast zum Schlingern und als sie im Außenspiegel sah, dass der Italiener ihr humpelnd folgte, drückte sie erneut wie von Sinnen das Gaspedal durch. Sie schloss die Augen, als die Schranke laut krachend an der

Motorhaube zersplitterte, aber es war ihr egal, sie wollte nur weg von dort. Gott sei Dank, gab der Typ ihr nach dem Einchecken den Personalausweis zurück, nachdem sie bezahlte und wenn er sie wegen Sachbeschädigung anzeigte, bekäme er eine Gegenanzeige, überlegte sie.

Natalie hatte keine Ahnung, welche Richtung sie einschlug, sie wollte so schnell und so weit wie möglich diesem Lüstling entkommen, falls dieser auf die Idee käme, sie zu verfolgen.

Auf der Autostrada fühlte sie sich sicher. Als sie sich bewusst wurde, dass der Mann sie auch hätte überwältigen können oder gar Schlimmeres, stieß sie hörbar die Luft aus. Es war ihr sogar gleichgültig, dass sie kurz durch ein rotes Licht geblendet und vermutlich geblitzt wurde. Im Innenspiegel erkannte sie im Scheinwerferlicht des Gegenverkehrs ihr durch Tränen und Mascara verschmiertes Gesicht, die strähnig-nassen Haare und dass sie gerade im Nachthemd hinter dem Steuer saß. Sie stellte sich vor, wie die Beamten vor dem Radar-Foto erschrecken und sie sicher an eine Szene eines Horrorfilms erinnerten. Kurz musste sie sogar lachen, es war ein hysterisches Lachen der Erleichterung. Nur die klirrenden Scherben von Matteos Foto ließen ihre Tränen wieder fließen und sie schluchzte. »Wo warst du? Warum bist du nicht mehr bei mir?«

An einem großen hell erleuchteten Rastplatz, der um diese Zeit ungewöhnlich belebt war, reihte sie sich zwischen LKWs und anderen Wohnmobilen ein und beobachtete ihre Umgebung. Die Fahrer der Lastwägen standen zusammen, die Camper hielten sich meist innen auf, es war frisch spätabends, doch es regnete nicht mehr. Der Batterieanzeiger bewegte sich im grünen Bereich, aber das Wasser wurde knapp. Sie kaufte zur Sicherheit Mineralwasser. Außerdem entdeckte sie eine große lange Taschenlampe, mit der man nicht nur die Umgebung ausleuchten konnte, sondern die notfalls auch zur Selbstverteidigung Verwendung fand. Der Schaden an der Motorhaube durch die Schranke hielt sich mit einer Delle und einem roten Kratzer in Grenzen. Zweimal kontrollierte sie, ob alle Türen verriegelt waren, und ließ die Rollläden herunter. Sie kehrte die Scherben des Glasbilderrahmens sorgfältig weg und steckte das Foto in die Lüftungsschlitze des Armaturenbretts.

Schlafen konnte sie nicht. Das Schreckerlebnis saß zu tief in den Knochen und die Geräuschkulisse auf dem Rastplatz ebbte auch zu vorgerückter Stunde kaum ab.

Um sieben Uhr stand sie auf, wusch sich in den Waschräumen, gönnte sich ein frisches Baguette aus der Tanke und nach einem starken Kaffee navigierte sie ihr Fahrzeug Richtung Amalfi.

Der Geheimtipp zur Parkmöglichkeit außerhalb des beliebten Küstenstädtchens stellte sich als unkoordinierter Abstellplatz von Bau- und Lieferfahrzeugen dar. Natalie gesellte ihr Womo zu einem Betonmischer und rollte mit ihrem E-Roller die enge Bergstraße hinab. Dem kühlen Wind trotzend strahlte sie ihrem ersehnten Ziel entgegen – der Brücke am Hafen. Hunderte, wenn nicht sogar Tausende kleiner Schlösser mit Liebesbotschaften oder den Initialen, zeugten von Pärchen, die sich hier ewige Liebe schworen. Natalie musste eine Weile suchen, aber sie entdeckte ihr rotes Schloss versteckt unter einem dicken Herzchen.

N & M forever

stand dort schlicht. Es war schon etwas verwittert, aber noch gut lesbar. Sie hielt es in der Hand und schloss die Augen. Und in Erinnerung an ihren geliebten Ehemann Matteo, zusammen mit den gestrigen Ereignissen, füllten sich wieder ihre Augen mit Tränen und die Lippen bebten. »Du fehlst mir so!«

Kapitel 6 – Das Shelter

Langsam spazierte sie die Brücke entlang, verweilte am Hafen, saß in einem Café mit unterschiedlichen Menschen allerlei Länder, die miteinander über Gott und die Welt plauderten. Sie nicht. Sie schwelgte allein in ihren Erinnerungen, ließ sie aufleben und zehrte davon. Holte sie hervor, um sie zu festigen, sie nicht verblassen zu lassen.

Sie sah den Brunnen, an dem Matti sein braungebranntes markantes Gesicht wusch, nachdem sie ihre Lieblingssorten Vanille-Pistazien-Eis vertilgt hatten. Sie beobachtete ihn, als er mit den Fischern feilschte und stolz, als wären es Trophäen, zwei große Brassen hochhielt, um sie abends auf dem neuen Campinggrill zu braten. Die versteckte Weinstube der Einheimischen, in die er sie lockte ... Die Kette mit den Muscheln, die er ihr auf das Kopfkissen legte ...

Sie wollte alles noch ein Mal erleben, sich erinnern, lachte, weinte. Es muss für andere befremdlich ausgesehen haben, aber das beachtete sie nicht. Sie war hier – mit Matteo, ein letztes Mal. Donnergrollen riss sie aus den Träumen, die wegzogen, wie die dunklen Wolken am Horizont des Mittelmeeres. Der kühle ungemütliche Wind brachte sie jäh in die Realität zurück. Zeit zum Aufbruch. Sammy wartete.

In einem Souvenirladen kaufte sie noch einen silbernen Bilderrahmen und steckte Matteos Foto hinein, bevor sie das Landesinnere anstrebte, Sie freute sich, bald vielleicht nicht mehr allein reisen zu müssen.

Die Folie überspannte stramm das Leck am Dach und die Wetterapp versprach am Zielort trockenes Wetter. Zudem herrschte kaum Verkehr auf der A2 Richtung Osten.

Die Mitarbeiter des Shelters nannten ihr keine Adresse, es sollte anonym bleiben. Zu viele Menschen protestierten dagegen, sie waren der Meinung, es gäbe genug Streuner, man müsse sie nicht auch noch aufpäppeln oder gar vor der Tötungsstation retten. Natalie sah ein, dass etwas gegen die unkontrollierte Vermehrung der Tiere getan werden musste, aber dafür war angeblich kein Geld da. Mit Schlingen fing man die Hunde ein und übergab sie dem städtischen Canile. Hier fristeten sie ein trauriges Leben hinter Betonmauern oder wurden bei Platzmangel nach zwei Wochen Abholfrist durch ihre Besitzer, gegen eine Gebühr mitgegeben oder getötet. Für Natalie eine grausame Vorstellung – dort das übliche Verfahren, da die Tiere den Einwohnern lästig wurden.

Die Wegbeschreibung führte über Zeichen, wie zum Beispiel: An der Weggabelung nach rechts oder am Strommast links vorbei. In der weiten hügeligen Natur standen keine bewohnten Häuser, nur ein Fluss durchquerte die Landschaft. Natalie fuhr gefühlt kreuz und quer zwischen Büschen und Wäldern, dann erkannte sie in der Ferne eine sandfarbene lange Mauer. Ein großes Metalltor schützte die Anlage vor Eindringlingen mit unguten Absichten und die Tiere vor dem Flüchten. In dieser Gegend würden sie verhungern, wenn es nicht geschickte Jagdhunde wären.

Natalie stieg aus und vernahm das Gebell der Hunde. Über eine Sprechanlage meldete sie sich und eine kamerabewachte Tür öffnete sich elektrisch. Sie schritt hindurch und befand sich in einer Schleuse, eine zweite Tür rollte quietschend zurück, dahinter schützte ein Zaun die Besucher vor allzu aufdringlichen Hunden. Von weitem winkte

Mariella, mit der sie schon von Deutschland aus Kontakt aufgenommen hatte. Natalie erkannte sie dank der Bilder im Internet, auf denen sie sich vorstellte.

»Ciao Natalia«, rief sie und begrüßte sie mit Handschlag. Sie sprach Deutsch mit italienischem Akzent, bewegte sich temperamentvoll mit ausgiebigen Gesten, hatte eine füllige Figur und ihre Stimme war selbstbewusst laut. Das war auch nötig, um sich vor den Hunden Respekt zu verschaffen. Ihre schwarzen langen Haare wehten im Wind und um sie herum scharrten sich geschätzt ein Dutzend Hunde unterschiedlicher Rasse und Größe. »Hier ist unser Freilauf, für die Hunde, die schon lange hier sind und gut gehorchen.« Natalie schritt durch das von Mariella offen gehaltene Holztor und wurde gleich stürmisch von freudig schwanzwedelnden Fellnasen begrüßt. Ohne Angst streichelte sie die freundlich zugewandten Tiere, die sie neugierig beschnupperten. »Komm rein, ich zeige dir unser Shelter«, lud die Tierheimleiterin Natalie ein. Sie schritten den langen geraden Hauptweg entlang auf drei flache Gebäude zu. An beiden Seiten reihten sich mit Drahtzäunen geschützte Gehege. Jeweils vier bis acht Hunde tobten, spielten oder schliefen darin.

»Je nachdem wie sie sich vertragen«, erklärte Mariella, »können wir mehrere Hunde zusammenlegen und sozialisieren, manche können nur einzeln gehalten werden und zwei müssen vorerst an die Kette.«

Das Rudel forderte die beiden Frauen immer wieder zum Spielen auf, bettelten nach Leckerlis oder liefen voraus. Die Tiergehege waren sandig, mit schattenspendenden Büschen oder Bäumen angelegt, manche hatten gar keine Zäune, sondern flache Mauern. Alle Hunde schienen aber zu wissen, wo ihr Platz ist.

»Unsere Angsthunde wirst du nur in ihren Hundehütten finden«, erklärte Mariella. »Sie trauen sich nur nachts oder zur Fütterungszeit heraus. Von manchen Pflegern lassen sie sich streicheln, die meist traumatisierten Angsthasen verstecken sich aber am liebsten. Wir können nur ahnen, was sie durchgemacht haben. Viele kommen verletzt, entweder durch Bisse, Schläge oder sie wurden von Autos angefahren. Dort links ist die Krankenstation. Jeden zweiten Tag kommt der Tierarzt und sieht nach den Verletzten oder Kranken. Viele Streuner da draußen schaffen es nicht, da kamen wir zu spät. Aber wir haben schon Hunderte gerettet und vermittelt, meist nach Deutschland oder

Österreich«, erzählte Mariella stolz. Sie plapperte in einer Tour, aber Natalie war so überwältigt von der Größe und der Ausstattung der Unterkünfte, dass sie gar keine Gelegenheit für Rückfragen fand. Und eigentlich wollte sie nur einen sehen: ihren Sammy.

Sie betraten die Holzbehausungen und Stallungen. Hier arbeiteten Pfleger, die das Futter in Schubkarren beluden und verteilten, andere reinigten die Behälter oder räumten das Lager auf.

»Oh, ich habe Tierfutter mitgebracht«, nutzte Natalie eine Sprechpause Mariellas.

»Prima, ich schicke Pedro zu deinem Auto, er hilft dir, auszuladen«, freute sich Mariella. »So, jetzt willst du bestimmt Orsetto sehen, stimmts?«

»Orsetto? Ach so, ja unbedingt!« Natalie klatschte bittend in die Hände. Sie vergaß bereits seinen ursprünglichen Namen, denn es war ja ›ihr Sammy‹. Orsetto erinnerte sie eher an ein italienisches Reisgericht.

Das Gelände verlief rechts etwas abschüssig. Weiter unten erkannte man das Glitzern des Flusses, der sich parallel zu dem hohen Außenzaun entlang schlängelte.

»Sei vorsichtig, hier könnte es rutschig sein, es regnete viel die letzten Tage, darum ist auch der Bach zu einem Fluss angeschwollen«, erklärte

Mariella. Sie öffnete das Schloss an dem Drahtzaun und meinte: »Orsetto ist immer noch ängstlich und muss vor den anderen Hunden geschützt untergebracht werden. Ständig wurde er attackiert und er wehrt sich nicht. Das haben die gleich raus mit ihrer Rangordnung, leider bleibt er immer das Opfer. Dafür beißt er nicht.«

Natalie betrat aufgeregt das kleine Gehege. Wie sie es auf dem Internetbild erkannte, stand hier nur ein niedriger Baum und eine alte, behelfsmäßig zusammengenagelte Holzhütte. Sie befand sich etwas schief am Abhang und die Öffnung zeigte zum Fluss hinunter. Vorsichtig, um Orsetto nicht zu erschrecken, und auf dem aufgeweichten Boden nicht auszurutschen, schlich Mariella um die Hütte herum und ging in die Hocke. »Hey Orsetto, du hast Besuch, guck doch mal«, rief sie in die offene Seite. Nichts rührte sich. Natalie folgte ihr zur Vorderseite der Hundehütte und spähte erwartungsvoll in die dunkle Öffnung. Auch wenn der Weg das Ziel ihrer Erinnerungen war, *er* war der eigentliche Grund der Reise und Natalie wirkte aufgeregt. Mariella wandte sich zu ihr: »Um 17 Uhr ist Fütterungszeit, dann haben wir die größten Chancen, ihn aus seinem Versteck zu locken.«

Natalie nickte und sah sich um. Zwischen dem Fluss und dem Zaun verlief ein eingewachsener breiter Weg. Eine Tür mit Kettenschloss führte zu dem Gelände. »Kann das Gehege auch von außen betreten werden?«, erkundigte sie sich. Mariella wandte den Kopf. »Vor zwei Jahren ist der Fluss über das Ufer getreten und wir mussten vorsorglich evakuieren. Seitdem müssen alle Gehege von zwei Seiten zugänglich sein. Die Tür ist nicht verschlossen, die Kette soll das nur vortäuschen.«

»Die nächste Zeit soll es auch wieder viel regnen«, erinnerte sich Natalie.

»Si, aber eher an der Küste. Hier fangen die Berge viel ab.« Mariella stand auf. »Lassen wir Orsetto erstmal in Ruhe, komm, ich zeige dir seine Unterlagen und suche Pedro. Du wolltest ein paar Tage bleiben? Wenn du willst, kannst du hier an seinem Zaun parken. Aber bitte, achte darauf, dass du nicht unnötig blendest und Lärm vermeidest. Du kannst deinen Camper aber auch draußen an der Mauerseite stehen lassen, nur die Zufahrt muss frei bleiben.«

»Gibt es eine Steckdose hier in der Nähe? Natürlich gegen Bezahlung«, ergänzte Natalie.

Mariella sah sich um. »Si, aber da brauchst du ein langes Kabel, am Hauptweg neben der Laterne gibt es Strom. Aber das Kabel darf keinesfalls von den Hunden erreichbar sein«.

»Kann ich Sammy, also Orsetto später nochmal besuchen?«

»Klar! Ich gebe dir noch ein paar Tipps, du kennst ihn ja nicht – und er dich nicht.«

Mariella machte sich auf den Weg Richtung Ausgang. Natalie duckte sich und versuchte doch noch einen Blick auf den Hund zu erhaschen, als plötzlich zunächst sein struppiges Fell, seine schwarze Nase und dann ganz langsam seine Augen aus dem Dunkeln erschienen. Er war viel zu groß für den kleinen, primitiven Unterschlupf und musste sich ducken, um herauszugucken. Regungslos verharrte er und sah Natalie an.

»Oh mein Gott«, flüsterte sie leise. »Ich habe noch nie so traurige Augen gesehen. Warte hier, mein Kleiner, ich komme bald zurück, hörst du?«

Der Hund starrte sie weiterhin an, ängstlich, zitternd und bereit sofort wieder in der hinteren Ecke zu verschwinden.

Natalie erhob sich vorsichtig und verließ das Gehege langsam. Mariella sprach vor der Tür mit Pedro und gestikulierte wild, passend zu ihrer kräftigen italienischen Stimme.

Die Frauen betraten das Hauptgebäude. Mariella holte die Unterlagen von Orsetto und las: »Also, Orsetto ist etwa fünf Jahre alt, männlich, Mischling zwischen Golden Retriever und großem Pudel. Gefunden hat man ihn verletzt und unterernährt am Straßenrand. Vermutlich angefahren. Der Tierarzt fand auch Bisswunden und schloss Misshandlungen nicht aus. Wir päppelten ihn auf und versuchten, ihn zu sozialisieren, was leider nicht klappte. Außer deine, hatte er bisher keine einzige Anfrage. Laut Pedro beißt er nicht, aber das kann man bei Angsthunden, wie gesagt, nie ausschließen, besonders, wenn sie sich bedrängt fühlen. Kennst du dich aus mit ängstlichen Hunden?«, richtete Mariella die Frage an Natalie.

»Wir hatten einen Hund, aber der spielte eher den Leitwolf in unserer Familie. Ich würde Sammy gern langsam kennenlernen und sein Vertrauen gewinnen. Wie oft und wie lange darf ich bei ihm bleiben? Ich kann ihn gerne versorgen, sein Gehege reinigen und euch natürlich auch helfen«, bot sie an.

»Solange du willst. Hier ist jede Hilfe willkommen. Pedro zeigt dir, wo du Futter, Eimer, Schaufel und Besen findest. Schau ihm zu, wenn er ihn füttert. Anfassen lässt der Hund sich nicht, darum ist sein Fell so ungepflegt.«

Pedro begleitete sie zu ihrem Wohnmobil, lud die Futterspenden aus und zeigte ihr den Weg entlang des Flusses zu Sammys Gehege.

Danach holten sie zusammen Orsettos Futter, Eimer, Kehrschaufel und Besen. Mit Gesten verständigten er und Natalie sich und ein paar italienische Wörter verstand sie sogar. Das Futter wurde abgewogen, eine Gießkanne mit frischem Wasser befüllt und damit betraten sie das Gehege.

»Ciao Orsetto«, grüßte Pedro, schaute kurz in seine Hütte, füllte Trockenfutter in den einen, Wasser in den anderen Napf. Danach entfernte er die Hundehäufchen und verschwand auch schon wieder. Er hob nur kurz seine Hand und signalisierte, dass er sich um die übrigen Hunde kümmern musste.

Natalie sah ihm verwundert nach. Das wars schon? Hier dein Fressen, da Wasser, weg mit dem Häufchen und tschüss? Sie blieb im Gehege und näherte sich wieder langsam und leise der Vorderseite von Orsettos Hütte.

»Hey Sammy, schau doch mal, dein Napf ist voll.« Sie bewegte sich nicht und wartete auf eine Reaktion aus der Hütte. Da er sich nicht blicken ließ, setzte sie sich auf einen Stein und beobachtete ihn aus ein paar Metern Entfernung. Sie war sich sicher, dass er ihre Anwesenheit spürte, und setzte ihren Monolog fort.

»Hast du keinen Hunger? Oder Durst? Ich störe dich auch nicht, wenn du fressen magst. Hab doch keine Angst.« Sie musste sich etwa zehn lange Minuten gedulden, bis sich im Inneren des Holzverschlags etwas regte. Zunächst erschien wieder die angehobene Nase, dann senkte sich sein Kopf und die traurigen Augen, die Natalie fixierten.

»Hey Sammy! Ja, ich bin immer noch da. Und ich würde dir gerne Gesellschaft leisten.«

Als Orsetto, oder Sammy, wie sie ihn nannte, keine Anstalten machte, sich dem Napf zu nähern, schob Natalie diesen ganz vorsichtig in seine Richtung. Sammy starrte sie an und sie fühlte Mitleid mit ihm. Er ist sicher hungrig und wegen mir traut er sich nicht heraus. Es dämmerte bereits und Orsetto rührte sich nicht vom Fleck.

»Ich lass dich mal in Ruhe und leiste dir morgen wieder Gesellschaft, ja?«

Langsam schlich sie sich aus dem Gehege und suchte einen der Pfleger. Mariella half bei der Fütterung eines großen Rudels hungriger Vierbeiner und Natalie musste laut schreien, um zu erfahren, wann sie Orsetto morgen füttern durfte.

»Komm um acht wieder, morgens ist er immer besonders hungrig!«, rief Mariella und winkte ihr inmitten der umherspringenden Hunde.

Müde und mangels Strom machte sich Natalie nur ein Brot und textete ihren Angehörigen, dass sie am Zielort angekommen war, Fotos folgten, Sammy sei noch sehr scheu, schrieb sie. Sie schenkte sich ein Glas Rotwein ein und lächelte Matteos Foto an. »Siehst du, ich hab es geschafft, wünsch mir Glück, dass ich ihn morgen mal in seiner ganzen Größe zu Gesicht bekomme.«

Hier vor den Toren des Shelters fühlte sie sich zwar sicherer als auf den letzten Campingplätzen, wachte nachts aber immer wieder auf. Der Wind blies kräftiger und stets bellte mindestens ein Hund, während bald darauf die anderen mit einfielen oder wie Wölfe jaulten. Sie fragte sich, ob die Tierstation nachts überhaupt personell besetzt war. Es brannte nur ein Notlicht und es sorgte niemand für Ruhe.

Wegen des niedrigen Frischwasserstands wusch sie sich am frühen Morgen nur das Gesicht und statt Kaffee gab es Joghurt.

Als ihr nach dem Klingeln geöffnet wurde, liefen Hunde und Mitarbeiter wieder geschäftig herum und Natalie suchte Pedro, fand ihn aber nicht. Da sie wusste, wo das Futter lagerte, schaufelte sie etwa die gleiche Menge wie gestern in eine Schüssel, und schnappte sich eine Gießkanne. Freudig öffnete sie Sammys Gehege und bemerkte enttäuscht, wie er rasch in die hinterste Ecke seiner Hundehütte verschwand.

»Bleib doch, Sammy, ich bringe dein Frühstück.« Er schaute wieder ängstlich heraus, und ließ Natalie nicht aus den Augen, während sie seine Näpfe befüllte.

»Buon appetito, mein Kleiner«, forderte sie ihn auf und ihr Schützling hob die Nase, um zu schnuppern.

Sie setzte sich wieder auf den Stein und trank aus ihrer mitgebrachten Wasserflasche.

Sammy beobachtete sie genau, doch sie gab sich unbekümmert und wartete geduldig. Er starrte auf sein Futter und schleckte sich über sein Maul, aber die Hemmschwelle, seine Schutzbehausung zu verlassen, schien für ihn unüberwindlich.

Langsam griff Natalie nach einem Futterröllchen und warf es in seine Richtung.

Er zuckte kurz zusammen, hob dann die feuchte Nase und widerstand leider immer noch dem verlockenden Duft.

Natalie warf ein weiteres Stück, und da Werfen nicht ihre Stärke war, landete es in seiner Hütte.

Diesmal traute er sich und verschlang es gierig.

»Aha, der Herr frisst nicht gerne im Garten«, stellte sie fest und warf nochmal ein Röllchen, das prompt in seinem Fell landete, sodass er erschreckt in der hintersten dunklen Ecke verschwand. Nur das Schmatzen verriet ihr, dass der Hunger größer war als die Angst. Mehrere Futterbrocken flogen in, vor oder hinter die Hütte und Sammy ließ sich die, die innen landeten, schmecken. Als kein Nachschub folgte, lugte er heraus und Natalie lächelte. »Na, mehr?«

Sammy entdeckte das Futter, das vor der Hütte lag und war hin und hergerissen, ob er es wagen sollte, herauszukommen.

»Ich habe den ganzen Tag Zeit, komm trau dich doch!«, bestärkte sie seinen Mut. Bis er sich nach mehrmaligem Zögern überwand und den vordersten Brocken schnappte.

Natalie rührte sich nicht von der Stelle, freute sich aber innerlich. Bald waren alle herumliegenden Futterstücke gefressen und sie staunte über die Größe, als Sammy sich zur Hälfte heraustastete.

»Oh, großer Hund, großer Hunger«, lächelte sie glücklich.

Plötzlich machte Sammy einen Satz und verschwand wieder in seiner Schutzhütte.

Pedro tauchte auf und fuchtelte mit einer Dose herum. Nachdem er das Trockenfutter aus dem Napf in einen Beutel geschüttet hatte und stattdessen den Doseninhalt in den Napf leerte, verstand sie. Morgens bekam er anderes Futter. Pedro rief »Orsetto mangialo!«, aber entweder mochte er das Dosenfutter oder Pedro nicht oder war bereits satt.

Er verharrte in seiner Hütte. Sein Pfleger zuckte mit den Schultern und verschwand wieder.

Natalie wunderte sich. Pedro füttert ihn seit Monaten und Sammy verschwindet, wenn er kommt?

Nach ein paar Minuten spitzelte die schwarze Nase hervor und Sammy zeigte sich – Natalie ignorierend oder schon akzeptierend? – in seiner ganzen Größe und machte sich über sein Futter her. Danach trank er etwas Wasser und verzog sich mit einem großen Bogen um Natalie in die hinterste Ecke seines Auslaufs.

Aha, sein Geschäftchen, dachte Natalie und zog ihr Buch hervor. Sie wollte sich so unauffällig wie möglich verhalten und informierte sich über Hunde und ihre Verhaltensweisen. Sammy schnüffelte an ein paar Ecken und trottete dann wieder im respektvollen Abstand um Natalie, bevor er sich erneut in seine schützenden drei Wände verkroch. Sie las unbeirrt weiter und es schien, als ob sie sich gegenseitig heimlich bespitzelten. Er legte seinen Kopf auf die Pfoten und döste, wobei ihn die kleinste Bewegung Natalies zusammenzucken und dabei die Augen aufreißen ließ. Das ging so lange, bis sie einen Schokoriegel aus der Tasche kramte und ihn geräuschvoll öffnete.

»Weißt du, was am besten hilft, wenn man sich unglücklich fühlt?« Sammy hob den Kopf und schnupperte. »Schokolade! Für Hunde leider nicht, aber ich hab was für dich.« Sie wühlte nochmal in ihrer Tasche und hielt ein Hundeleckerli in seine Sichthöhe. Behutsam streckte sie den Arm aus, so nah wie er es tolerierte, bis er sich ausweichend erhob. Sie legte es vor ihn hin, zog ihren Arm zurück und las unbekümmert weiter, während sie ihren Riegel kaute. Sammy wartete kurz und roch immer wieder mutig an dem Leckerli vor ihm, bis er es vorsichtig zwischen die Zähne nahm, und sich damit in die Hütte verzog.

»Hey, du bist ja auch eine Naschkatze äh-Naschhund«, lächelte Natalie.

Mittags bat sie darum, Frischwasser im Wohnmobil auffüllen zu dürfen, fuhr über den Weg zwischen Fluss und Zaun zu Sammys Gehege und parkte dort. Anschließend holte sie die Kabeltrommel heraus. Dabei erinnerte sie sich, wie sie Matteo schimpfte, die wäre viel zu lang und bringe zusätzliches Gewicht ins Wohnmobil. Und er zwinkerte, du wirst mir noch dankbar sein. Spätestens jetzt war sie es.

Pedro sah es zwar nicht gern, half ihr aber beim sicheren Anbringen des Stromkabels und zeigte ihr, wo sie den Wasserschlauch fand.

Sie kochte sich eine Suppe und anschließend einen Kaffee, den sie in ihren Thermobecher füllte. Jetzt konnte sie das Grundstück direkt betreten und achtete darauf, dass Sammys Gehegetür gut verschlossen blieb. Zwei braune Augen unter einem struppigen Pony beobachteten sie dabei. Eingekringelt döste er in seiner Behausung und erweckte ihr Mitleid, denn Ausstrecken war bei seiner Größe nicht möglich. Ob er dort, wo er früher lebte, überhaupt ein Dach über dem Kopf hatte?, überlegte sie.

Sie ließ ihn für sein Mittagsschläfchen in Ruhe und bot ihre Hilfe im Tierheim an, aber die Pfleger machten Siesta. Somit holte sie sich eine Decke und setzte sich wieder zu Sammy, um zu lesen. Nach einer Weile trat er heraus, streckte seine Hinterpfoten und hob eins davon am Baum seines Geheges.

»Hey Sammy, möchtest du etwas spielen? Also, wenn mir langweilig ist, suche ich mir eine Beschäftigung oder ein Spiel.«

Natalie nutzte seine Aufmerksamkeit, griff in ihren Rucksack und förderte einen Softball zutage, den sie hochwarf und – meist – wieder auffing. Damit versuchte sie, sein Interesse zu wecken, aber er saß nur da und beobachtete sie. Vorsichtig ließ sie den Ball an ihm vorbeirollen, mit der Hoffnung, dass er ihn sich schnappte. Aber entweder kannte er kein Spielzeug oder ihm war ihr einseitiges Spiel zu albern.

Am Nachmittag säuberte sie vorsichtig das Gehege und lotete aus, wie weit sie sich Sammy nähern durfte, bevor sie seine Fluchtgrenze überschritt und er sich wieder in seiner Hundehütte verkroch.

»Also einen Meter möchtest du Abstandsradius – ist akzeptiert«, stellte Natalie fest.

Zur Abendfütterung half sie Mariella und anschließend füllte sie Sammys Napf.

Er wirkte anfangs wieder scheu, doch schon nach zwei Minuten, in denen sie sich mit ihrem Buch auf die Decke setzte, fraß er sein Trockenfutter und schlabberte etwas Wasser. Dabei behielt er sie immer im Augenwinkel. Es dämmerte und der kühle Bergwind blies über die Ebene. Sammy wässerte sein Bäumchen und sie nutzte die Gelegenheit, zog eine warme Decke aus dem Rucksack und breitete sie vorsichtig in seiner Hütte aus.

Jede Bewegung wurde misstrauisch verfolgt, vor allem, wenn es um seinen einzigen Rückzugsort – seine Hütte – ging. Natalie war sich nicht sicher, ob er die Annäherung und Veränderung seines Schlafplatzes tolerierte. Er duckte den Kopf und sah ihr nach, als sie langsam sein Gehege verließ.

»Gute Nacht Sammy, bis morgen«, rief sie ihm freundlich zu. Wie gerne würde sie ihn einmal streicheln oder den Kopf kraulen, aber sie ließ ihm Zeit. Er guckte immer noch traurig, wenn auch etwas aufgeweckter, interessierter. Trotz verregneter Fensterscheibe erkannte sie, wie er sich auf der Decke einkringelte.

»Schlaf gut, Sammy, ich bleibe bei dir, solange du es zulässt.«

Am nächsten Morgen bedeckten graue Wolken den Himmel, die nahen Berge wirkten wie in Watte gepackt und die Temperaturen sanken deutlich. Mit Schirm erschien Natalie wieder um acht Uhr und ihr Schützling lugte gleich aus seiner Hütte. Diesmal bekam er das richtige Futter von ihr, denn sie erfuhr, dass er noch eine Art Aufbaunahrung brauchte.

Er wartete, bis sie auf dem Stein Platz nahm und sie sich scheinbar in das Buch vertiefte, dann leerte er flugs seinen Napf, trank Wasser und suchte sein Bäumchen auf. Natalie schielte über die Buchseiten und beobachtete sein morgendliches Ritual. Er schnupperte am Zaun entlang und sie sah sich nach dem Softball von gestern um.»Ballspielen ist nicht so deins, oder?« Sie fand ihn nirgends, außer er bunkerte ihn in seiner Hütte, überlegte sie.

Langsam spannte sie ihren Schirm auf und wartete, wie Sammy darauf reagierte. Er erledigte sein Geschäft und ließ sie danach nicht aus den Augen. Diese wanderten argwöhnisch von ihr zum Regenschirm und wieder zurück, bis er davon ausging, dass keine Gefahr von dem Ding zu befürchten war.

Er schlich sich, ebenfalls Schutz vor Regen und Wind suchend, in seine primitive Hütte.

Trotz dicker Jacke wurde es Natalie bald zu ungemütlich und sie suchte in ihrer Tasche nach ihrer Thermoskanne mit Tee, die sie offensichtlich im Camper vergaß. Dafür fand sie noch einen Schokoriegel und bemerkte im Augenwinkel, wie sich Sammy erhob und sich trotz Regens ihr langsam näherte. Erwartungsvoll setzte er sich mit seinem Ein-Meter-Sicherheitsabstand vor sie hin und stierte auf ihre Tasche.

»Na du bist ja ein Schlauer, du möchtest auch dein Leckerli, wie gestern?« Entdeckte sie da sogar ein leichtes erwartungsvolles Schwanzwedeln? Jetzt hoffte sie inständig, noch welche in der Tasche zu haben, und fand einen kleinen Hundekauknochen. Sie witterte eine neue Chance zum Annäherungsversuch und hielt ihn langsam in seine Richtung. Sammy fixierte das leckere Stück, regte sich aber keinen Millimeter. Natalies Arm war ganz ausgestreckt, der Knochen 30 Zentimeter vor Sammys Schnauze, über die er sich jetzt immer wieder mit der Zunge fuhr.

»Nimm ihn doch, komm trau dich, Sam«, flüsterte sie und stütze ihren gestreckten Arm, der vor Anstrengung schon schmerzte. Sie gab nicht auf, redete ihm Mut zu und hoffte, dass er sich näherte. »Bitte Sammy, bitte«, forderte sie ihn auf.

Ihr war es egal, dass der Regen sie durchnässte, weil sie den Schirm zur Seite legte. Ihre Armmuskeln brannten und die starre Körperhaltung wurde anstrengend. Gerade als sie glaubte, dass Sammy den Kopf vorstreckte, erfasste ein Windstoß den Schirm und wirbelte ihn ins Gebüsch. Der Hund verschwand genauso schnell in seiner Behausung. Mit einem unterdrückten »Mist«, erhob sie sich langsam, ächzte kurz aufgrund ihres eingeschlafenen Beines und humpelte zu dem Schirm, den sie zusammenfaltete, denn sie war ohnehin schon durchnässt. Vorsichtig legte sie den Kauknochen an den Rand der Hüttenöffnung und verabschiedete sich mit einem »Ciao Sammy, fast hätten wir es geschafft, aber ich gebe nicht auf.«

Es regnete inzwischen in Strömen und da Siesta war, suchte sie ihren Camper auf, schaltete die Heizung ein und duschte warm. Die Temperaturen hier fielen in den Wintermonaten oft unter zehn Grad, der kühle Bergwind verstärkte die gefühlte Kälte zusätzlich. Nach einer wärmenden Tomatensuppe suchte Natalie die Aufenthaltsräume der Mitarbeiter auf und wurde auch gleich freundlich zu einem Kaffee eingeladen. Sie lernte den Tierarzt kennen, mit dem Mariella gerade die Problemfälle besprach.

Natalie berichtete auf Englisch über ihre ersten Kontaktversuche mit Sammy, Mariella übersetze und Pedro wirkte überrascht, als er von ihren Erfolgen erfuhr.

Alessandro, der charmante Tierarzt, den Natalie in ihrem Alter oder etwas jünger schätze, sprach ihr Zuversicht zu: »Viele Tiere fassen selbst nach Monaten kein Vertrauen, manche nie. Geduld und Routine sind die Schlüssel zu ihrem Herzen.«

Pedro wollte wissen, wann sie Orsetto mitnähme und Mariella übersetzte.

»Sobald Sammy mir das Gefühl gibt, dass er mir den Schlüssel zu seinem Herzen geben und vertrauen könnte. Verschließt er sich die nächsten Tage weiterhin, will ich nichts erzwingen«, antwortete Natalie und reagierte auf das zuversichtliche Nicken von Alessandro mit einem Lächeln.

Es regnete nachts durch, laut der Wetterapp zog ein großes Regenband über Kampanien und ein weiteres sollte folgen. Natalie dachte an das ältere Ehepaar, das sie wegen des schlechten Wetters gewarnt hatte.

Mit dicker Weste und Regenjacke stapfte sie am Morgen durch den Matsch zu Sammys Gehege. Die Kapuze tief ins Gesicht gezogen, hätte sie ihn fast übersehen. Sammy stand bereits am Zaun und wedelte, wenn auch nur angedeutet, erwartungsvoll mit seinem Schwanz.

»Sammy! Hast du schon auf mich gewartet?« Natalies Herz pochte vor Freude. Wieder ein Fortschritt. Sie ging langsam in die Hocke, aber als sie vorsichtig die Hand ausstreckte, zog er den Schwanz ein, kehrte um und setzte sich vor seine Hütte, die von Regenpfützen umringt war. Natalie näherte sich respektvoll und redete ihm gut zu.

»Warte, ich hole dein Frühstück, dann stärkst du dich erstmal und später hab ich noch eine kleine Überraschung.«

Auf dem Weg zur Scheune traf sie Milena, eine weitere Mitarbeiterin, die sie schon im Aufenthaltsraum kennenlernte. In gebrochenem Deutsch riet sie: »Geben Sie Orsetto heute Extraportion Futter, damit er mehr auf Rippen kriegt, kommt Sturm in der Nacht!«

Natalie nahm zwei Dosen des Aufbaufutters mit, bezweifelte aber, ob Sammy die schaffen würde.

»Buon giorno, Natalia«, grüßte Mariella, die hinter Kisten mit Trockenfutter auftauchte. »Was macht Orsetto?«

»Guten Morgen, Mariella. Stell dir vor, er stand heute am Zaun und erwartete mich schon, anfassen durfte ich ihn nicht, aber er verkroch sich auch nicht gleich in seine Hütte. Ich möchte ihn so bald wie möglich mitnehmen.«

»Hey, das hört sich gut an. Willst du heute bei dem Wetter auch bei ihm sitzen?«

»Meinst du, er würde mit mir spazieren gehen? Der Regen scheint ihm nichts auszumachen.«

»Das kannst du vergessen. Er lässt sich nicht anleinen, wehrt sich mit allen Kräften, wenn er eine Leine nur sieht.«

»Aber wie soll ich ihn denn später gefahrlos nach draußen lassen, wenn er zum Beispiel sein Geschäft erledigen muss?«

»Entweder du nimmst eine Kiste Sand mit in deinen Wagen und lässt ihn erst bei dir zu Hause raus oder wir sedieren ihn und er bekommt ein Hundegeschirr, zumindest ein weiches Halsband. Heute kommt Alessandro, er macht die Abschlussuntersuchung und gibt dir die Ausreisepapiere.«

Die Enttäuschung stand Natalie ins Gesicht geschrieben. »Oh das wird wohl schwierig werden. Ich wollte noch ein paar Tage an die Ostküste.«

»Okay machen wir ihm ein Halsband um. Aber er wird versuchen, es loszuwerden.«

Sammy fraß nicht einmal eine halbe Dose seines Aufbaufutters. Immer wieder suchte er Blickkontakt zu Natalie, die nervös ihren Thermobecher mit Kaffee umklammerte und überlegte, ob sie die Verantwortung für Sammy tragen konnte. Mit Matteo wäre das kein Problem. In Gedanken fragte sie ihn oft um Rat, was *er* tun würde. Sicherheit geht vor, würde er sagen. Wie oft wünschte sie sich, er hätte das gesagt, bevor er dieses Motorrad bestieg. Er hatte alles richtig gemacht. Aber weder Helm noch Ausrüstung noch umsichtiges Fahren konnten den Unfall und seine Verletzungen verhindern ...

Die Träne, die an ihrer Wange entlanglief, vereinigte sich mit den steten Regentropfen und sie wischte sich über das Gesicht, hoffte, auch die negativen Gedanken wegzuwischen.

Als sie aufsah, stand Sammy vor ihr, blickte sie traurig an und legte seinen Kopf schief.

»Ach, Sam. Meinst du, wir beide schaffen es, gut nach Hause zu kommen? Bist du schon mal in einem Wagen gefahren? Und – warst du jemals am Meer?« Der Hund legte seinen Kopf jetzt auf die andere Seite und Natalie musste lachen. »Hey, du verstehst es, jemanden, der traurig ist aufzumuntern. Wenn ich mich doch auch in dein

Herz schleichen könnte. Oh, da fällt mir ein, ich hab ja was für dich.« Wegen des Regens kramte sie jetzt in einer Plastiktüte statt in ihrem Rucksack und holte ein Stofftier hervor. Es war eine Krake mit zahlreichen Tentakeln. Und der Clou war, dass man dazwischen Leckerlis verstecken konnte.

»Tadaa, das ist Otto, ein Tintenfisch. Ist der nicht süß?« Sie wedelte damit vor Sammys Nase und hoffte, dass er sich nicht erschreckte. Da die Hundekekse bereits in den Taschen des Spielzeugs versteckt waren, schnupperte Sammy interessiert und streckte den Kopf vor. »So eine hatte ich als kleines Kind schon. Meine Mama hat sie mir gegeben, wenn sie mich ablenken wollte. Zum Beispiel, als mein Hamster Bibo starb. Mal versteckte sie Lutscher darin, mal kleine Spiele. Ich erinnere mich an einen rosa Ring, den ich aber in die Ecke warf, ich wollte meinen Hamster zurück. Manche Probleme sind zu schwerwiegend, aber für kurze Zeit helfen sie, wie kleine Brücken, zu neuem Glück.«

Sammy machte einen Schritt auf sie zu, er roch die Hundeleckerbissen. Natalie hielt ihm die Krake hin und traute sich kaum, zu atmen oder ihn anzustarren. Vorsichtig öffnete Sammy sein Maul, erfasste die Krake an einem Bein und zog sie langsam aus ihrer Hand. Er wartete noch kurz ihre Reaktion ab und als Natalie ihn aufmunterte: »Ja, nimm sie mit!«, verschwand er damit in seiner Hütte.

Sie trank ihren Kaffee aus, hörte Sammy schmatzen und suchte anschließend erneut Mariella. Sie saß telefonierend im Büro und Natalie war froh, sie im Trockenen anzutreffen, so konnte sie sich dort etwas aufwärmen.

»Um 14 Uhr holt Pedro deinen Orsetto oder wie nennst du ihn? Sammy? Er bringt ihn zur Abschlussuntersuchung in die Krankenstation«, verkündete sie.

»Oh, soll ich mitkommen?«, fragte Natalie.

»Besser nicht. Orsetto bekommt eine Beruhigungsspritze, eine Blutabnahme und wird nochmal untersucht und gewogen. Mit dir sollte er nur Angenehmes verbinden, wenn ihr schon so ein tolles Vertrauensverhältnis aufgebaut habt«, meinte Mariella.

»Muss er dann dortbleiben oder könnte ich ihn heute schon mitnehmen? Vielleicht gewöhnt er sich in seinem sedierten Zustand dann schneller an den Camper oder ist zumindest nicht so aufgeregt.«

»Ab 15 Uhr kannst du ihn abholen, wenn du magst.«

Natalie nickte und konnte ihre Vorfreude kaum verbergen. »Ich freu mich. Dann mach ich den Camper startklar. Gibst du mir noch ein paar Dosen von dem Aufbaufutter mit oder kann ich es irgendwo kaufen?«

»Mal sehen, was er wiegt. Vielleicht braucht er es nicht mehr, sonst packe ich dir welches ein.«

Nach diesem Gespräch schaute Natalie kurz zu Sammy, der mit der Krake beschäftigt war und überprüfte im Wagen die Gegenstände, die sie vor allem für die Fahrt und für Sammys Sicherheit brauchte. Auf dem Beifahrersitz arretierte sie den flexiblen Hundetransporter. Eine mit hohem festen Netz umspannte, abwaschbare Matratze mit Gurt. So lag er sicher und konnte alle drei Seiten überblicken. Sein weiches Hundebett für die Nacht war ebenso fest gesichert, falls sie schon früh morgens aufbrechen sollte und er noch schlief. Die Näpfe steckten in Halterungen, die sie am Sockel befestigte. Die lange Leine am Tischfuß verknotet, hoffte sie, dass Sam sie tolerierte. Strom und Wasservorrat waren noch ausreichend, getankt hatte sie erst in Salerno und ihre Lebensmittel reichten mindestens für eine Woche. Sie bereitete Thunfischsandwiches für die Fahrt und kochte frischen Kaffee. Die Kabeltrommel holte sie ein, säuberte und verstaute sie.

Um 13 Uhr hörte sie Pedro, der Sammy etwas in die Hütte legte, um kurz danach mit Milenas Hilfe den schlafenden Hund auf einen flachen Schubkarren zu betten und abzutransportieren.

Natalie setzte sich auf den Fahrersitz, lud ihr Handy, programmierte das Navi und nahm Matteos Foto in die Hand. »Wünsch mir Glück, dass Sammy mit der Fahrt im Camper klarkommt und wir gut in Bari ankommen.«

Lange überlegte sie, ob sie dort haltmachen sollte. Der Kontakt zu Matteos Eltern und seinem Bruder beschränkte sich seit dem Unfall auf Geburtstagsglückwünsche und Weihnachtskarten. Anfangs fühlte sie sich willkommen in seiner Familie, aber als sie heirateten und er beschloss, mit ihr in Deutschland zu bleiben, gaben sie ihrer Schwiegertochter das Gefühl, ihnen den Sohn gestohlen zu haben. Vielleicht sogar unbewusst für seinen Unfalltod verantwortlich zu sein. Seit der Beerdigung hatten sie nicht mehr miteinander gesprochen, nur schriftlich kommuniziert.

Sie kündigte sich nicht an, denn sie wusste nicht, wie sich Sammy im Wagen verhielt und ob man sie nicht abwies. Damit käme sie zwar klar, aber sie hätte gerne noch ein Mal geredet, wie es ihnen geht und ob sie ihr wirklich böse waren. Aus den förmlich geschriebenen Karten konnte sie das nicht erkennen und wer weiß, vielleicht freuten sie sich sogar, sie wiederzusehen?

Beim Außencheck bei anhaltendem Regen schlitterte sie knöcheltief im Schlamm. Die Folie am Dach hielt, nur die Reifen drohten im Matsch zu versinken. In ihr machte sich das Gefühl breit, dass sie baldmöglichst aufbrechen sollte.

Der ehemalige Bach trat weit über die Ufer und das aufgewühlte Wasser floss bedrohlich schnell und nahe an ihr vorbei. Beunruhigt blickte sie auf ihre Uhr. »Es wird Zeit«, murmelte sie.

Im Vorraum der Krankenstation rutschte sie auf einem Holzstuhl hin und her und machte sich Sorgen. Weniger, weil das Wetter immer stürmischer wurde als eher die Zeit, die ihr geliebter Sammy beim Tierarzt verbrachte. In diesem Moment öffnete sich die Tür und Alessandro trat in den Raum, nickte ihr wortlos zu und wusch sich die Hände am Waschbecken in einer Nische.

Natalie stand auf und versuchte, in seinem Gesicht zu lesen, ob alles in Ordnung war.

»Natalia«, begann er. »Orsetto schläft noch.

Beim Anlegen des Halsbandes wehrte er sich so heftig, dass ich nachspritzen musste. Aber er hat jetzt eins.«

Natalie nickte zur Bestätigung und erwartete weitere Informationen.

»Du möchtest ihn heute noch mitnehmen und nach Deutschland fahren?«

»Ja, wenn das möglich ist. Aber ich bleibe noch eine Woche in Italien und fahre über die Ostküste zurück.«

Bedächtig griff er in seinen Arztkittel und beförderte einen Umschlag heraus, den er ihr übergab. »Diese Papiere solltest du griffbereit haben, vielleicht kontrollieren sie dich an der Landesgrenze. So weit ist alles in Ordnung.«

Ohne einen Blick hineinzuwerfen, steckte sie die Unterlagen in die Innentasche ihrer Regenjacke.

Ihr fiel auf, dass der Tierarzt nicht mehr lächelte, wie sonst und ihr Blick hing an seinen schmalen Lippen. Sie spürte, dass er etwas hinzufügen wollte.

»Natalia, unser Verdacht, warum Orsetto die letzten Monate kaum an Gewicht zugenommen hat, betätigte uns nun ein Bluttest.« Natalie schluckte und ihr Herz klopfte. »Ist er krank?«, fragte sie mit leiser zittriger Stimme.

»Ja Natalia. Wir geben dir ein Medikament für

ihn mit, es ist nur eine Tablette, die du ihm abends mit etwas Futter in sein Maul steckst.« Eine unheilvolle Stille erfüllte den Raum. »Aber ich fürchte, er hat diese Krankheit schon länger.«

Natalie machte sich Sorgen und spürte, wie sich ihr Herz verkrampfte.

»Und ... was soll das heißen?«, fragte sie heiser.

»Das er nicht mehr lange ..., dass er nicht ... sehr alt werden wird.«

»Was?« Natalie schlug die Hände vor den Mund, Tränen stiegen auf, sie schaute ihm flehentlich in die Augen. »Wie lange?«, stieß sie flüsternd hervor.

Alessandro blieb ernst, presste die Lippen zusammen, vermied es, ihr die Wahrheit zu sagen.

»Sag mir wie lange!«, forderte sie mit verzweifelter Stimme. Mariella stand mit ernster Miene im Türrahmen, aber Natalie bemerkte sie nicht.

Der Tierarzt wand sich, in seiner Verantwortung ihr die Wahrheit sagen zu müssen, und fasste sie tröstlich an ihrem Arm.

»Vielleicht ... sechs Monate.«

Natalie starrte ihn an und schüttelte langsam den Kopf. »Nein!« Tränen liefen über ihr Gesicht, sie wollte nicht wahrhaben, was sie soeben erfahren musste, und trat einen Schritt zurück.

Alessandro näherte sich ihr wieder und erfasste auch den zweiten Arm, wollte sie halten.

Natalie riss sich los, schüttelte vehement den Kopf und der Schmerz brach heraus. »NEIN! Nicht schon wieder! Ich will nicht noch einmal jemanden verlieren. Das kann ich nicht!«, rief sie verzweifelt und schluchzte auf, dass ihr Körper erzitterte.

»Natalia!«, rief jetzt Mariella und die Angesprochene fuhr erschrocken herum. Die Hände noch vor ihrem Mund haltend, als wolle sie den Schrei zurückhalten, den Stich in der Brust, den sie nur zu gut kannte und den sie so hasste. Ihr verschwommener Blick traf hinter Mariella auf ihren Sammy, der reglos auf der Untersuchungsliege ruhte. Ohne die Augen von ihm abzuwenden, schüttelte sie den Kopf zur Verneinung:

»Es tut mir leid.« Ihre Worte waren stimmlos.

»Oh Gott, es tut mir so leid!« Sie kehrte auf dem Absatz um, lief wie in Panik zur Tür, riss sie auf und verschwand im Regen, während Alessandro und Mariella sich wortlos ansahen.

Kapitel 7 – Flucht

»Spring an! Spring schon an, verdammt nochmal!«
Der Motor des Campers erhörte sie erst beim dritten
Startversuch. Sofort trat sie das Gaspedal hinunter
und die Räder drehten schlitternd durch, ohne dass
sich das Fahrzeug von der Stelle bewegte.
»Scheiße!«, fluchte sie laut, denn sie wusste, dass
sie sich nur tiefer eingrub. Verzweifelt schlug sie
die nassen Hände vors Gesicht und atmete ein paar
Mal tief durch. »Bitte lieber Gott, hilf mir hier
wegzukommen. Bitte! Matteo, sag mir was ich tun
soll«, flehte sie mit geschlossenen Augen.
Schließlich rief sie sich zur Beherrschung auf. Trat
nur sachte auf das Pedal und drehte das Lenkrad.
»Kurz den Rückwärtsgang einlegen und jetzt den
zweiten.« So murmelte sie vor sich hin und
schaukelte das Fahrzeug aus der Schlammkuhle. Im
Augenwinkel sah sie den bedrohlich reißenden
Fluss an ihr vorbei strömen, und sie wusste, wenn
sie jetzt abrutschte, würde er sie mitreißen. Sie
konzentrierte sich auf den vor ihr liegenden Weg
und vermied es, in die überschwemmten Fahrspuren

zu geraten. Rechts am Zaun wuchs Gras, das den Reifen Halt gab und so ließ sie Meter für Meter hinter sich. Auf der asphaltierten Straße zum Haupteingang des Tierheims atmete sie hörbar aus und schaltete das Navi mit dem Ziel Bari an. Sie sah sich nicht mehr um, musste sich aufgrund der erschwerten Sicht konzentrieren, um die Spur zu halten, und nahm rasch an Geschwindigkeit zu. Ihr war egal, dass die Regentropfen ihrer Kleidung den Sitz durchnässten, oder der Matsch ihrer Stiefel in braunen Rinnsalen über den Boden liefen. Sie wollte nicht nachdenken, sondern sich und das Wohnmobil sicher an ihr nächstes Ziel bringen. Ohne Zwischenfälle. Ohne Tränen.

Eine Windböe ließ sie kurz schlingern. Sie musste gegenlenken und reduzierte das Tempo. Westlich der Berge erhellten Blitze den dunklen wolkenverhangenen Horizont, es dämmerte. Sie umfuhr einen Geröllhaufen, den sie im letzten Augenblick wahrnahm. Die Straße zum Pass war gesperrt, sie hielt rechts an und suchte am Navi eine Alternative. Scheinwerfer brachten die Tropfen der Windschutzscheibe wie Perlen zum Leuchten. Ein Kleintransporter verlangsamte seine Fahrt, der Fahrer am offenen Fenster fuchtelte mit einem Arm und schrie auf Italienisch. Natalie hob die Hände, sie verstand nicht, was der Mann ihr mitteilen wollte. Er setzte seine Fahrt kopfschüttelnd fort. Auf dem Handy gab es keine Verkehrsinformationen über Behinderungen. Die Wetterapp meldete Unwetter von Westen kommend und Natalie hoffte, dass Mariella Recht behielt, und die Berge die Regenwolken abfingen. Angestrengt suchte sie die Umgebung ab, um eine geschützte Bucht oder einen sicheren Parkplatz zu finden. Die Talstraße verengte sich, Natalie dachte an Martins Worte: Pass auf die Höhe auf! Die steilen Bergklippen rechts unterschieden sich farblich kaum von dem Grau des Himmels, so blieb ihr nur, großen Abstand zur Felswand zu halten. Endlich! Sie steuerte eine Aussichtsbucht an und zog ihre nasse schmutzige Kleidung aus, wischte den Boden behelfsmäßig trocken und schenkte sich aus der Thermoskanne eine Tasse Kaffee ein. Wehmütig blickte sie auf die Hundehalterung auf dem Beifahrersitz, in der jetzt Sammy liegen und hoffnungsvoll in eine glücklichere Zukunft schauen sollte.

Sie raufte sich erschöpft die Haare und schüttelte den Kopf. Gedanken, die sie bisher verdrängte, überstürzten sich wie Schlagworte einer Werbeanzeige:

Sammys schlimme Vorgeschichte als Streuner, in der er nicht viel Glück hatte ... die traurigen Augen, als sie ihn zum ersten Mal sah ... Sein Hoffnungsschimmer, als er heute Morgen am Zaun auf sie wartete, die tierärztliche Prozedur, die er über sich ergehen lassen musste, ... die ernsten Worte des Tierarztes mit der schlimmen Prognose ... Sammy, der betäubt auf dem Tisch lag und vielleicht von einem liebevollen Zuhause träumte, für die Zeit, die ihm noch blieb.

Ob er morgen wieder um acht Uhr auf sie warten würde? Auf die Frau, die ihm so viel Aufmerksamkeit schenkte die letzten Tage, wie vielleicht kein Mensch vor ihr? Und die ihn jetzt im Stich ließ, mit der Gewissheit, dass er die letzten Monate seines kurzen Lebens allein in Gefangenschaft fristen musste? Natalie ließ ihren Tränen freien Lauf. Sie weinte hemmungslos hier in ihren eigenen vier Wänden und die Traurigkeit wich bald der Scham über ihren Egoismus und ihres übertriebenen Selbstmitleids.

Sie wusch sich das Gesicht und setzte sich ans Steuer, als ein Wagen mit deutschem Kennzeichen neben ihr hielt. Zwei Männer deuteten ihr, die Scheibe herunterzulassen. Oh nein, dachte Natalie, nicht schon wieder solche Lustmolche.

»Hallöchen ...«, grüßte der Fahrer gespielt fröhlich, als sie das Fenster einen Spalt öffnete. »Hallo«, antwortete sie mürrisch.

»Also Schätzchen, wenn du hier weiterfährst, kommst du nicht weit. Da vorne ...« – er machte eine ausladende Handbewegung – »du, da gehts nicht weiter, da hats richtig geknallt, da ist einer dem anderen voll hinten reingefahren.« Sein Beifahrer kicherte albern.

Anhand der Aussprache und Gestik begriff Natalie, dass es sich bei den beiden überaus freundlichen jungen Männern um ein Pärchen handelte. »Macht ihr euch gerade über einen Verkehrsunfall lustig?«

»Aber neiiiiiin«, winkte der Beifahrer gedehnt ab, »wir haben Hilfe angeboten, aber den Fahrern ist nichts passiert.«

»Danke, ich wollte gerade umdrehen«, antwortete sie und konnte sich ein Grinsen nicht verkneifen.

»Tschau tschau!«, glucksten die beiden und fuhren weiter.

Na wenn das kein Zeichen ist, dachte sie und programmierte das Navi um. Sie brauchte nicht mehr lange zu überlegen, insgeheim kannte sie ihr Ziel bereits.

»Ich komme Sammy, ich komme zurück.«

Inzwischen erschwerte nicht nur die Dunkelheit die Sicht, der Wind peitschte den Regen im Schwall an die Windschutzscheibe, die Wischer mühten sich selbst auf höchster Stufe, den Blick auf die Straße zu verbessern. Die teilweise überragende Felswand befand sich zwar jetzt auf der linken Seite, aber der gähnende Abgrund rechts wirkte nicht weniger bedrohlich. Das Gewitter erhellte flackernd die Umgebung, die sich unheimlich und verlassen darstellte. Kein Mensch wagte sich bei dem Sturm auf die Straße, die durch herabstürzende Äste zum Hindernisparcours wurde. Donnerschläge erschreckten sie, die Konzentration wich der Müdigkeit, aber Anhalten war keine Option.

Als sie endlich die Straße, die zum Shelter führte, einbog, brannte nicht einmal das Notlicht. Beim Aussteigen erfasste eine Windböe die Fahrertür, dass die Verankerung laut knarrte. Für Sekunden fiel ihr das Atmen schwer und sie musste sich zum Tor vortasten. Wie sie erwartete, ertönte kein Klingelgeräusch, vermutlich führten Blitzeinschläge zu Stromausfällen. Das hieße, dass sich das Tor nicht öffnen ließe, jedenfalls nicht elektrisch. Sie kehrte um, ein Zweig schlug ihr ins

Gesicht, während sie Mühe hatte, die Fahrertür festzuhalten.

Das flache Steppengebiet hatte dem Sturm kaum etwas entgegenzusetzen, Kiefern bogen sich, als bäten sie um Gnade und obwohl die sandige Erde vom Regen durchfeuchtet war, bildeten sich kleine Staubwirbel.

Natalie blieb keine Wahl, sie musste den schlammigen Weg zu Sammys Gehege erneut befahren. Langsam bog sie ein. Die Spurrinnen glichen zwei parallel zum Fluss verlaufenden Nebenkanälen. Auf den bewachsenen Flächen griffen die Reifen, aber der ehemalige Bach schwoll derart an, dass er weit über das Ufer trat und teilweise auf den Weg schwappte. Um kein Risiko einzugehen, hielt sie Schrittgeschwindigkeit ein und stoppte den Wagen vor einer überschwemmten Fläche – direkt vor Sammys Gehege. Und mit dem Fernlicht erkannte sie das ganze Ausmaß der Katastrophe – das Wasser überflutete seinen Auslauf und darin trieb – seine Hundehütte, die auf der Seite lag. Oh Gott, wo ist Sammy? Liegt er noch auf der Krankenstation oder wurde er evakuiert?, kam ihr sofort in den Sinn. Der Lichtkegel ihrer Scheinwerfer erfasste nur die Hälfte des Grundstücks, sie musste den Hund mit der Taschenlampe suchen, weiter vorzufahren wäre lebensgefährlich. Rasch schlüpfte sie in ihre Gummistiefel, schnappte sich die neue Lampe und eine Decke. Vorsichtig tastete sie sich am Zaun entlang, die Gittertür klemmte im Matsch, sie trat sie mit aller Kraft auf, dass sie gegen den Metallzaun krachte. Das Wasser schwappte bis oberhalb ihrer Knöchel. Mit der Taschenlampe leuchtete sie das Gehege ab, die Hütte schien leer zu sein. Weiter oben am Hang zerrte der Wind an Sammys Baum und als der Lichtkegel der Lampe den Platz erfasste, an dem die Hütte stand, erkannte sie etwas Helles – Sammy! Zitternd kauerte er auf der Decke, die sie zurückgelassen hatte. Flehentlich leuchteten seine Augen im Schein der Taschenlampe. Den Schwanz eingezogen und als er sie offenbar erkannte, wedelte er ganz leicht.

»Sammy!«, rief Natalie und schlürfte durch den Morast auf ihn zu. Er stand auf, knickte aber sofort wieder ein, etwas stimmte mit seiner Vorderpfote nicht.

»Hey, mein Kleiner, ich helfe dir, warte! Hab keine Angst.« Sammy erkannte sie und fiepte gerade so laut, dass sie ihn trotz des tosenden Flusses und Fauchen des stürmischen Windes hören konnte. Behutsam legte sie ihm ihre Decke über den

Rücken, umhüllte den triefnassen verängstigten Hund und hob ihn vorsichtig hoch. Starr vor Angst und Kälte ließ er es zu. Unter ihm erschien die Krake, die Natalie mit aufnahm. Obwohl Sammy zur größeren Hundekategorie gehörte, war er überraschend leicht und sie dachte kurz an seine Krankheit. Er ließ sich ohne Gegenwehr forttragen und sie hoffte, dass sie ihn sicher aus dem Gehege brachte.

Das eiskalte Wasser lief in ihre Stiefel, der Untergrund war uneben und rutschig, trotzdem drehte sie sich um und sah zu den Gebäuden rüber, ob sie die Pfleger entdeckte. Aber außer ein paar bellenden Hunden hörte und sah sie niemanden. Da Sammys Gehege dem Fluss am nächsten und tiefer lag, ging sie davon aus, dass die anderen Hunde in Sicherheit waren. Sie watete weiter durch das dunkle Wasser, erreichte die Gehegetür, die nur noch schräg an einer Angel hing. Kurz verlor sie das Gleichgewicht, lehnte sich an den Zaun und redete dem Hund und sich selbst beruhigend zu, dass alles gut werden würde.

Das Öffnen der Mitteltür zum Innenraum des Wohnmobils wurde nochmal zur Herausforderung. Auch sie schlug durch den Wind gegen die Außenwand. Die letzte Hürde stellten die zwei

Stufen dar – mit matschigen Stiefeln, kaum Sicht und mit Hund hochzusteigen, forderte ihrem zierlichen Körper letzte Kraftreserven ab.

Langsam und vor Anstrengung außer Atem, setzte sie Sammy mit der Decke auf sein weiches Hundebett. Regungslos blieb er sitzen und sah ihr zu, wie sie sich mit einem quietschenden Geräusch der Gummistiefel entledigte, das Wasser nach draußen goss, und die Tür hinter sich zuzog. Sofort kehrte Ruhe ein, nur das Fauchen des Sturms war noch dumpf zu hören.

Das kleine Licht über der Spüle spendete wohlige Atmosphäre, sie wusch sich die Hände und beförderte ihre durchnässte Jacke zu den Stiefeln auf den Stufen. Dann kniete sie sich zu ihrem Schützling, trocknete ihm sachte mit der Decke das Fell und begutachtete seine Pfote. Sammy regte sich nicht, nur als sie einen kleinen Holzsplitter zwischen seinen Ballen zog, zuckte er kurz. »Den bist du los«, murmelte sie, besprühte die Wunde mit einem Wundspray aus dem Verbandskasten und wickelte nur etwas Küchenpapier um sein Bein. »Hör zu Sammy, wir müssen hier weg, bevor wir weggespült werden. Bleib in deinem Hundebett liegen, ja?« Sie streichelte ihn sanft über den Rücken – wie weich sein feuchtes Fell war. Das

Halsband hatte er noch um, aber sie verzichtete darauf, ihn anzuleinen. Sollte sie – Gott bewahre – umstürzen, hätte er eher eine Chance, sich aus dem Wagen zu retten. Dann schaltete sie die Heizung ein, setzte sich ans Lenkrad und schickte ein Stoßgebet zum Himmel, dass sie den Weg wieder zurückschaffte, denn jetzt musste sie rückwärts fahren.

Die Rückfahrkamera bot wegen des Regens nur wenig Sicht. Sie sah aber die Grasnarben am Wegrand und mit Hilfe der Außenspiegel tastete sie sich zentimeterweise den Weg zurück. Das kratzendes Geräusch hinten links verursachten vermutlich herabhängende Äste und wenn es der Drahtzaun war, der den Lack verkratzte, nahm sie es in Kauf. Das Fahrzeug schaukelte bedrohlich, doch der Abstand zum Fluss verbreiterte sich mit jedem Meter. Noch eine Kuhle, die das Geschirr in den Schränken klappern und die Taschenlampe über den Boden kullern ließ, dann erreichte sie den festen Asphalt der Straße. Natalie stieß erleichtert die Luft aus und drehte sich zu Sammy um, der mit dem Gleichgewicht kämpfend auf seiner Decke saß und sich unsicher umsah. Auf dem Parkplatz vor dem Haupteingang stellte sie den Motor ab und sah nach ihrem Hund. »Geschafft, Sam. Es tut mir so leid, dass ich weggelaufen bin, ich lass dich nicht mehr allein, egal was kommt, versprochen, hörst du?« Er ließ sie nicht aus den Augen, wirkte jedoch entspannter und gähnte.

Es war bereits 21 Uhr und Natalie beschloss, hier an der schützenden Mauer des Tierheims zu übernachten. Sie befüllte Sammys Napf mit Wasser aus den Flaschen und ging duschen. Er hätte es auch dringend nötig, aber für heute wollte sie ihm jede weitere Prozedur ersparen. Im Jogginganzug legte sie sich auf die lange Sitzbank gleich neben Sam, der seinen Kopf auf den Pfoten ablegte. Erschöpft schlief auch sie rasch ein, dass Vibrieren des Handys hörte sie nicht mehr.

Kapitel 8 – An Bord

Der Sturm flaute ab über Nacht. Natalie erwachte und erschrak zunächst, denn Sammy saß direkt vor ihrem Gesicht und schaute sie an. »Sammy!« Verschlafen sah sie auf ihre Uhr. »Acht Uhr – du wartest wohl schon auf dein Frühstück?«, lächelte sie. Er senkte den Kopf und schlabberte laut etwas Wasser aus dem Napf.

»Okay, Zeit zum Aufstehen.« Natalie öffnete die Jalousie und blickte auf den verschmierten Boden. »Na da haben wir ja einiges vor heute.« Dann fiel ihr ein, dass sie kein Aufbaufutter für ihn hatte oder ob er es überhaupt noch brauchte. »Hey Kleiner, ich besorge dir dein Frühstück und du wartest hier, ja?« Sammy schnupperte, setzte sich und schleckte sich über seine Pfote. »Ach ja, die müssen wir uns auch nochmal anschauen.« Sie wusch sich das Gesicht, kämmte sich die dunkelblonden, bis über die Schulter hängenden Haare und suchte nach einer Jacke, die sauber und trocken war.

Die Türklingel funktionierte nicht, also rief sie über den Zaun nach Mariella, aber außer

Hundegebell hörte sie nichts. Sie versuchte, per Handy Kontakt aufzunehmen, und erschrak über zwölf Textnachrichten – sie hatte gestern vergessen, sich daheim zu melden. Aber erst musste sie das Tierheim erreichen. »Mariella? Ich bin's Natalie. Ich stehe vor der Tür, die Klingel geht nicht. Ja, Sammy ist bei mir.«

Das Tor musste manuell aufgeschoben werden, und Mariella redete in ihrer impulsiven Art gleich auf sie ein. »Warum hast du nicht Bescheid gegeben, wir haben ihn schon überall gesucht!«

»Es war alles dunkel, ich dachte nicht, dass noch jemand da war!«, verteidigte sich Natalie. »Und ich bin eben erst aufgewacht, nach der Rettungsaktion gestern. Habt ihr sein Gehege gesehen?«

»Ja, warum ist die Hundehütte umgestürzt und der Zaun kaputt, warst du das?«

»Das Wasser muss sie umgerissen haben, die Tür klemmte, ich musste sie aufstoßen.«

»Welches Wasser?«, fragte Mariella ungläubig.

»Der Fluss ist über die Ufer getreten, habt ihr das nicht gesehen?«

»Komm, wir sehen nach, und dann gebe ich dir das Futter. Wie geht es ihm?«

»Punkt acht saß er vor mir, das werte ich mal als gutes Zeichen, oder?«, lächelte Natalie. »Er hatte einen Holzsplitter in der Pfote, aber sonst verhält er sich ruhig.«

»Sì, das ist seine gewohnte Fütterungszeit. Alessandro ist heute auch da, er kann nach ihm sehen«, bot Mariella an.

Die beiden Frauen betraten Sammys Gehege und Natalie war überrascht, wie schnell das Flusswasser wieder abgelaufen war. Der Sand war schlammig und wurde an den unteren Hang geschwemmt. Sie entdeckte den Softball in der Hütte und nahm ihn an sich.

»Mamma mia, was war hier los?«, wunderte sich Mariella und sah den angeschwollenen, immer noch schnell strömenden Fluss. »Ich habe außer dem Gewitter nichts mitgekriegt. Und wo war Orsetto oder äh – Sammy?«

»Er lag dort auf der Decke und ließ sich von mir ins Wohnmobil tragen.«

»Du hast ihn gerettet, er hat dir vertraut. Er hätte sich sonst nie anfassen lassen. Du bist sein guter Engel«, lächelte Mariella.

»Es tut mir leid, dass ich weggelaufen bin und wegen der Tür.«

»Ist okay, schön, dass du zurückgekommen bist, und die Tür bringt Pedro wieder in Ordnung.

Komm, wir holen sein Futter. Willst du heute weiterfahren?«

»Ja, ich wollte nach Bari.«

»Oh schön. Sag mal ... warum hast du dich entschlossen umzukehren?«, wollte Mariella jetzt wissen.

»Weil ich mich verliebt habe.«

Mariella zog die Augenbrauen hoch und formte ein O mit den Lippen. »Im Ernst? Und weißt du was? Er sich in dich auch!«

Die beiden lachten und gingen zum Futterhaus. »Orsetto braucht kein Aufbaufutter mehr, er wird nicht mehr zunehmen, als er jetzt auf den Rippen hat, meinte Alessandro. Es schmeckt ihm nicht so gut wie das normale, es sollte nur nichts Ungesundes sein, wie Kuchen oder so«, empfahl sie und drückte ihr zwei Dosen und eine Trockenfutterpackung in die Arme.

»Alessandro müsste jeden Moment auftauchen, ich schicke ihn zu dir«.

Natalie bedankte sich und versprach, sich später noch zu verabschieden. Sammy lag in seinem Hundebett und kaute auf der Krake herum.

»Oje, höchste Zeit, deinen Fressnapf zu füllen, bevor du Otto verspeist.« Sie öffnete die Packung und dachte an die Tablette, die sie am Abend nicht vergessen durfte.

Sammy stand gleich auf, als sie den Napf befüllte und wedelte wieder freudig mit dem Schwanz. Nachdem Natalie gestern direkten Kontakt zu ihrem Hund hatte, wartete sie, ob Sammy hier im engen Wohnmobil ohne Sedierung und Schockstarre seinen Einen-Meter-Respekt-Abstand genauso einforderte wie im Gehege. Aber er beugte sich langsam zum Napf, schnupperte und ließ es sich schmecken. Und sein Frauchen freute sich über sein Vertrauen.

Sie textete an ihre Lieben in Deutschland, dass sie gestern eingeschlafen wäre und alles in Ordnung sei. Im Anschluss daran durchsuchte sie die vor Dreck triefende Regenjacke nach seinem Medikament, das Alessandro ihr mit den Papieren übergab, als es klopfte. Sammy erschrak und seine Urinstinkte ließen ihn bellen, was Natalie das erste Mal vernahm. »Oh, verteidigst du schon dein neues Revier?«, lachte sie und öffnete die Tür. »Bon giorno, Bella«, grüßte Alessandro grinsend. »Schön, dich wiederzusehen.«

»Guten Morgen, ich bin froh, dass du heute da bist, komm herein, Sammy frühstückt gerade. Der Tierarzt musste über ihre Gummistiefel steigen, aber bei seiner sportlichen Figur hatte er keine Mühe damit.«

»Ciao Orsetto«, begrüßte er den Hund und kniete sich vor ihn hin. Sammy knurrte und wich einen Schritt zurück.

Alessandro wandte sich an Natalie.

»Hat er Vertrauen zu dir? Könntest du mir die Pfote zeigen?«

»Ich kann es versuchen, so dicke Freunde sind wir noch nicht und ich hoffe, dass ich es mir jetzt nicht mit ihm verscherze.« Natalie kniete sich vor ihn und sprach beruhigend auf ihn ein, während sie ihm über den Rücken streichelte. Sammy ließ es zu, aber seine Augen fixierten den Arzt.

»Ich glaube, von deiner Spritze gestern war er nicht so begeistert«, meinte sie, ergriff vorsichtig Sammys Pfote und leuchtete mit der Handylampe auf die Wunde.

»Hast du sie desinfiziert?«, wollte er wissen.

»Ja, aber mit einem Wundspray, einen Verband habe ich gar nicht erst drumgewickelt, nachdem er sein Halsband schon nicht toleriert. Das Zewa hat er bereits unter die Sitzbank verbannt.«

Alessandro schmunzelte. »Die Wunde ist reizlos, er kann auftreten, das passt.« Er kniete direkt neben ihr und setzte wieder sein schelmisches Lächeln auf.

Natalie versank in seinem warmherzigen Blick, bis Sammy knurrte. »Ist gut, Sam, wir sind schon fertig. Wie gebe ich ihm jetzt die Tablette? Das Fleisch ist viel zu weich, als dass man sie darin verstecken könnte«, fiel ihr ein, um von ihrer eigenen Nervosität abzulenken.

»Pur wird er sie ausspucken, sie schmeckt bitter«, antwortete er mit sanfter Stimme. Sie holte die Medikamentenschachtel, drückte die Tablette aus dem Blister und steckte sie in ein festeres Fleischstückchen aus der Dose. Sammy beobachtete die beiden, verweigerte aber das aus Natalies Hand gereichte Futter.

»Gib es ihm später, er ist gerade mit seinem Konkurrenzdenken beschäftigt«.

»Konkurrenz?«

»Ja, der ist gerade voll eifersüchtig, siehst du das nicht?«

»Strömst du denn irgendwelche Hormone aus oder wie kommst du darauf?«, kicherte sie.

»Schon möglich«. Dann wandte er sich an den Hund: »Sammy – sitz, sonst Spritze«, befahl er, und näherte sich Natalies Mund.

Sie wich überrascht zurück. »Ich glaube, das ist keine gute Idee.«

»Wieso? Mariella hat erzählt, du hättest dich verliebt?«, gab er enttäuscht von sich.

»Was? Ja, aber ich meinte damit Sammy!«, kicherte sie erneut.

Alessandro drehte sich zu seinem knurrenden Konkurrenten: »Okay, du hast gewonnen, Kumpel«, und zog gespielt traurig die Mundwinkel nach unten.

»Ich dachte, dich überzeugen zu können, heute noch nicht zu fahren?«

Natalie schüttelte bedächtig den Kopf.

»Tut mir leid, aber ich glaube, hier gibt es jemanden, der lieber am Strand toben möchte, als die Gesellschaft von Tierärzten zu haben, die mit Beruhigungsspritzen drohen.«

»Tja, da war er wohl schneller als ich, sich in dein Herz zu schleichen.«

Natalie nickte und hob die Hände, als Zeichen, dass er keine Chance hatte.

»Ich wünsche euch beiden noch viele Monate an Stränden, zu Hause oder wo auch immer, dass ihr glücklich und lange gesund bleibt. Und wer weiß, vielleicht sieht man sich ja mal wieder.«

Alessandro umarmte sie zum Abschied trotz Knurren Sammys, griff nach seiner Tasche und wandte sich mit erhobenem Zeigefinger an den Hund: »Und du passt gut auf sie auf, hörst du?«

Natalie begleitete Alessandro, um sich bei Mariella zu verabschieden und das Missverständnis aufzuklären. Sie bedankte sich auch bei Pedro und dem Team und freute sich – aufs Meer mit Sammy.

Der Wetterbericht meldete einen wolkenverhangenen Nachmittag, aber zumindest keinen Sturm mehr. Die Straßen waren frei und ohne Stau, das einzige Problem war, Sammy in das sichere Hundenetz auf dem Beifahrersitz zu bringen. Außerdem musste er nach dem Fressen noch sein Geschäft machen und ohne Leine hoffte sie, dass ihr Beziehungsstatus »Frauchen« schon so gefestigt war, dass er nicht gleich wieder fortlief, sondern im Gegenteil, die Stufen hinaufstieg. Sie trat aus dem Camper, entfernte die schmutzigen Gummistiefel, hielt die Tür geöffnet und rief ihn bei seinem Namen. Nach anfänglicher Skepsis erschien er und betrachtete die Umgebung. Die anderen Hunde bellten nebenan im Shelter und verunsicherten ihn, aber Natalie lockte mit einem Leckerli und redete ihm gut zu, so wie sie es die letzten Tage getan hatte. Sie stand an einem Baum, klopfte daran und forderte: »Komm Sammy, komm her! Oh nein, ich werde dich nicht tragen und du wirst mir nicht ins Wohnmobil machen, komm schon Sam!« Die Stufen waren für ihn ein unüberwindliches Hindernis. Er hob sein Bein – am Schrank. »Nein nein nein, Sammy!«, rief sie laut, nahm ihn sanft und trug ihn doch zum Baum. Offensichtlich war er aber »fertig« und guckte sie ratlos und unschuldig an.

»Okay das üben wir noch.« Sie stieg ein und lockte ihn erneut mit einem Leckerli. Neugierig trottete er ihr nach, scheute jedoch die Stufen und wedelte mit dem Schwanz. Natalie blieb nichts anderes übrig, als seinen Transporter zu spielen, aber diesmal setzte sie ihn gleich auf den Beifahrersitz ins Netz. Sie reinigte seine Hinterlassenschaften und bevor er revoltierte, klemmte sie sich hinter das Lenkrad und fuhr los. »Sag Arrivederci zu deiner Heimat, jetzt gehts ans Meer.«

Sie wählte die Alternativroute, die nur ein paar Minuten mehr in Anspruch nahm, dafür ausgebauter war, sodass sie jederzeit anhalten konnte. Sammy schaute anfangs nervös zu beiden Fenstern hinaus, hechelte dabei und vergewisserte sich bei Natalie, die ihm gut zusprach, dass alles in Ordnung war. Trotz des Geschaukels betrachtete er die Welt, die da in hohem Tempo an ihm vorbeirauschte und nach einer halben Stunde legte er sich sogar wachen Auges hin.

Sechzig Kilometer vor Bari fuhr Natalie auf einen großen freien Platz und legte eine Pause ein. Sie öffnete den Reißverschluss, damit er selbst hinuntersteigen konnte, und goss frisches Wasser in seinen Napf. Sie löschte ebenso ihren Durst und beobachtete Sammy, ob er allein hinuntersprang. Nach ein paar Anläufen traute er sich, trank etwas Wasser und stöberte anschließend in ihrem Rucksack, den sie schon im Gehege dabeigehabt hatte.

»Aha, mein Naschhund fordert sein Leckerli ein.« Sie holte sich einen Schokoriegel heraus und dann einen Kauknochen, öffnete die Tür und lockte Sammy damit an die frische Luft. Das Verlangen nach dem Knabberstück war zu groß und er wagte sich zunächst auf die erste Stufe, dann die nächste und sprang schließlich auf den sandigen Boden. Natalie schob ihm das Leckerli in sein Maul und beobachtete die Umgebung nach Tieren – falls sein Jagdtrieb durchging – oder Fahrzeuge – die ihn in Gefahr bringen konnten. Er schnüffelte schwanzwedelnd herum, löste sich an einem Gebüsch und kehrte zurück, machte aber keine Anstalten wieder die Stufen hochzusteigen, auf die Natalie zeigte. Sie stieg ein und forderte: »Komm! Komm Sammy!« Der Erpressungsversuch mit einem weiteren Leckerli glückte, sie würde aber bald Nachschub besorgen müssen, wenn ihre Erziehungsmethoden zu einem nachhaltigen Erfolg führen sollen.

Sebastian

Nach einer weiteren Stunde Fahrt suchte sie einen Parkplatz in Strandnähe von Bari und hatte keine Ahnung, wie ihr neuer Mitbewohner auf fremde Personen reagierte, so ohne Leine. Zu der kalten Jahreszeit wirkte der Strand wie leergefegt. Nur ein Fischer flickte sein Netz am kleinen Hafen. Ansonsten zogen Möwen dicht über die seichten Wellen, wie immer auf der Suche nach Leckerbissen.

Natalie öffnete den Reißverschluss des Hundenetzes, Sammy sprang gleich heraus, aber sie ging allein, um das Umfeld einzuschätzen. Zunächst sog sie die kühle Meeresluft tief ein, schloss kurz die Augen und war dankbar, ohne Schwierigkeiten an ihr Etappenziel angekommen zu sein. Hinter ihr betrachtete sie die Altstadt mit ihren engen Gassen, von dort tauchten, wenn überhaupt, nur kleine Lieferfahrzeuge auf. Der Strand zog von der Hafenmauer bis über hundert Meter zu den angrenzenden Hotels. Vorsichtig spähte sie in den Camper, Sammy saß im Hundebett und klopfte freudig mit dem Schwanz auf seine Decke, als er sie erblickte. »Braver Hund.« Natalie überlegte kurz und packte Leine, Leckerlis und den Ball in ihren Rucksack. »Komm Sammy!« Und er verstand, stieg die Stufen hinunter und guckte sich draußen um. Natalie spazierte voraus und rief: »Komm!«, worauf Sammy ihr folgte.

Vor den anrollenden rauschenden Wellen hielt er inne und beobachtete das sich ständig wiederholende Getöse. Natalie spazierte entlang des Wassers, immer bedacht, zu anderen Strandläufern Abstand zu halten, Sammy schaute herum, schnupperte, schubste eine Muschel an, erschreckte sich vor einer kreischenden Möwe und buddelte im Sand. Mal folgte er Natalie, mal überholte er, aber nachdem selbst die bedrohlich wirkenden Wellen sich immer wieder zurückzogen, sprang er mutig herum und entdeckte seine neue Freiheit. Ob er je so unbefangen herumspringen durfte?, fragte sich Natalie. Er hasste sein Halsband – aufgrund einer Kette? Gedankenverloren beobachtete sie ihren Hund, der sich ausgelassen benahm, wie Kühe, die nach dem langen Winter endlich wieder auf die Weide durften. Natalie setzte sich auf einen Sandhügel und genoss, wie Sammy um sie herumtollte. Dann spurtete er auf die Wellen zu, um im letzten Moment wieder umzukehren. Sie warf ein Stöckchen, dem er innehaltend nachsah, aber nicht recht wusste, was er damit anfangen sollte.

»Bring das Stöckchen«, ermunterte sie ihn und lachte. Das gleiche Szenario mit dem Softball. Sammy wirkte unbeholfen, fast schon tollpatschig, aber glücklich. Ja, sie hatte sich wieder verliebt – in diesen süßen Kerl, der im selben Moment eine in Todesangst flüchtende Krabbe zum Spielen aufforderte.

Versunken in überschäumenden Glücksgefühlen verkannte sie fast die annähernde Gefahr. Erst als Sammy gebannt in Richtung Hafen starrte, folgte sie seinem Blick und sprang auf.

Ein großer schwarzer Riesenschnauzer spurtete auf sie los, sein Herrchen fluchend hinter ihm her stolpernd. »Sammy, komm her!«, befahl sie in Panik, doch er rührte sich nicht. Sie befürchtete, dass er in seiner Opferrolle zerfleischt werden würde, und nahm in hastig auf ihren Arm.

Der Schnauzer näherte sich bereits auf wenige Meter und wirkte angriffslustig.

Sammy zappelte unruhig herum und Natalie kämpfte mit dem Gleichgewicht. »Hau ab!«, schrie sie den Schnauzer an und stieß mit dem Fuß Sand in seine Richtung. Doch der ließ sich nicht abwehren, im Gegenteil, er sprang an ihr hoch. Natalie strauchelte. Sie musste Sammy absetzen, um den Hund zu vertreiben. Dann schrie sie, trat, wehrte ihn mit Armen und Beinen ab, doch der Riese ging noch mehr in die Offensive, rannte bellend auf Sammy zu, dass der Sand zu allen Seiten stob. Untergeben duckte dieser sich und zog den Schwanz ein. Natalie versuchte verzweifelt, ihn zu beschützen. In ihrer Not stürzte sie sich auf den Rabauken und nahm ihn in den Schwitzkasten. Sammy kam dazu und bellte. Natalie spürte die Kraft des Hundes, während ihre eigene schwand.

»Nelly aus!«, brüllte ihr Herrchen außer Atem, als er sie erreichte. »Lassen Sie sie los, sie tut nichts und spielt nur!«

»Nehmen Sie sie an die Leine, oder sie braucht gleich keine mehr!«, drohte Natalie wütend, während sich der Hund von ihr losriss und das Weite suchte. Dicht gefolgt – von Sammy.

»Nein, Sam, bleib hier!« Stöhnend rappelte sie sich auf und sorgte sich erneut.

»Ist schon gut. Lassen Sie die beiden. Nelly ist gerade mal ein Jahr alt, praktisch ein Kleinkind, auch wenn sie nicht so aussieht«, entgegnete der elegant gekleidete Mann freundlich.

Natalie presste die Lippen aufeinander. Und meiner ist todkrank, du Arschloch!, hätte sie ihm fast unter Schluchzen entgegen geschrien. Doch die Blöße wollte sie sich nicht geben. Am liebsten hätte sie ihr ganzes Adrenalin aus dem Leib gebrüllt, das sich schon seit Tagen, Monaten, Jahren? – anstaute.

Erst als sie sich sicher war, dass Sam mit diesem Riesenbaby doch Spaß hatte, beruhigte sie sich. Ihre sonst glatten Haare türmten sich zu einem Knäuel, Mascara lief in grauen Bahnen die geröteten Wangen herab und Sand rieselte von ihrer letzten sauberen Jacke. Sie klopfte sich ab, schluckte den Kloß hinunter, schämte sich, weil sie so überreagiert hatte, und fühlte sich, wie aus einer Mülltonne entschlüpft neben diesem adrett gekleideten Herrn. Er trug einen schwarzen Kurzmantel zur Anzughose; ein dunkelroter Hemdkragen bedeckte seinen Hals. Ein paar weiß schimmernde Lachfältchen im gebräunten Gesicht zeugten von einem positiv gestimmten Charakter. Vereinzelte graue in den sonst schwarzen Haaren, lenkten trügerisch von seiner jugendlichen Erscheinung ab. Und er roch gut, stellte sie fest.

Er reichte ihr den Turnschuh, den sie im Nahkampf mit dem jungen Schnauzer verlor, drehte ihn, um den Sand zu entleeren, und konnte ein Schmunzeln nicht verbergen, was Natalie noch zusätzlich auf die Palme brachte. Sie entriss ihm trotzig den Schuh und hüpfte wackelig auf einem Bein, um ihn anzuziehen.

»Darf ich Ihnen helfen?«, bot er an und reichte ihr seinen Arm.

»Wenn Sie mich jetzt auch noch begrapschen, verklage ich Sie!« Natalie brachte ihre Wut noch immer nicht unter Kontrolle.

»Oh, natürlich. Ähm, wie lautet die Anklage?«, erkundigte er sich amüsiert.

»Leinenzwang missachtet, Körperverletzung, Übergriffigkeit und dämliches Grinsen«, presste sie patzig heraus.

»Ah ja. By the way, wo ist denn eigentlich Ihre Leine? Und ich war nicht derjenige, der ein Hundebaby im Würgegriff hielt und mit Ermordung drohte. Das war auch kein Versuch zu Grapschen, sondern die Abwendung einer Klage wegen unterlassener Hilfeleistung. Und freundliches Grinsen ist übrigens kein Verbrechen.«

Er lächelte sie an, ohne herausfordernd zu wirken. Und Natalie presste erneut die Lippen aufeinander.

»Darf ich Sie zu einem Kaffee einladen?«, fragte er besänftigend.

»Oder zählt das in Ihrer Welt als Bestechung?«

Natalies Mund wechselte von einem schmalen Strich, zu einem Lächeln, nachdem ihr die ganze Situation langsam albern vorkam.

»Sie sehen aus, als könnten Sie einen Kaffee gebrauchen. Oh sorry – das war eine Feststellung – keine Beleidigung.« Und damit entlockte er ihr doch noch ein Kichern. Sammy und Nelly tobten weiterhin herum, wie zwei Wirbelwinde, beschnupperten sich und bellten als Aufforderung zum Spiel.

»Sebastian«, stellte sich der Schnauzerbesitzer vor und reichte ihr die Hand.

Natalie hielt ihre Arme verschränkt, sah aber seitlich zu ihm rüber und murmelte: »Natalie«.

Sebastian pfiff, und Nelly sprang ihrem Herrchen entgegen, nahm wohlerzogen vor ihm Platz und ließ sich willig anleinen. Sammy sah ihr

116

verdutzt nach und wunderte sich offenbar über ihr seltsames Benehmen.

»Sammy lässt sich nicht anleinen«, meinte Natalie. »Er war ein Streuner und wurde vermutlich misshandelt. Aber er hört schon auf mich.« Sie rief ihn, aber er wartete noch, ob Nelly nicht doch wieder mit ihm spielte.

»Also meistens hört er«, fügte Natalie peinlich berührt hinzu. Er kam dann doch, als sie den Trick mit dem Griff in den Rucksack anwendete und ihm verstohlen ein Leckerli in die Schnauze schob.

»Gleich hier am Hotel gibt es ein Café. Es ist umzäunt und liegt direkt am Strand da könnten die Hunde weiterspielen«, schlug Sebastian vor.

»Ist das Café denn öffentlich?«

»Ich bin dort Hotelgast und Hunde sind erlaubt.«

Hysterische Frauen auch, dachte er, verkniff es sich aber.

Sie schlenderten am Wasser entlang und Natalie wollte wissen, wie er es geschafft hatte, dass seine Hündin so gut folgte.

»Hundeschule«, antwortete er knapp.

»Hat aber vorhin nicht funktioniert, als sie auf uns zuschoss.«

»Manchmal gehen die Hormone mit ihr durch oder sie hörte mich nicht bei ihrem Temperament«.

»Aha, Ihr Baby ist wohl schon in der Pubertät.«

»Wohl eher in der Freud'schen Trotzphase. Wie lange haben Sie Ihren Streuner schon?«

»Heute aus dem Tierheim geholt. Aber wir haben uns schon ein paar Tage beschnuppert.«

»Sie haben ihn seit heute und lassen ihn frei herumspringen? Er hat doch ein Halsband, warum leinen Sie ihn nicht an?«

»Er toleriert es nicht. Ich vermute, er wurde an der Kette gehalten oder mit einer Drahtschlinge gefangen. Bei Berührungen am Hals wehrt er sich, beim Angriff seiner Artgenossen leider nicht. Er wurde angeblich gebissen, daher hatte ich vorhin so Angst um ihn.«

»Verständlich. Und es tut mir wirklich leid, dass Nelly Ihnen und Ihrem Sammy solch einen Schrecken eingejagt hat. Ich bin sicher, die Leine könnte man in einer guten Hundeschule antrainieren.«

»Ja, dahin will ich sowieso mit ihm, vor allem, weil ich keinen Gartenzaun habe.«

»Sie haben schwäbischen Dialekt, wo wohnen Sie denn?«

»Nähe Kirchheim« Natalie wollte ihm nicht den genauen Ort nennen.

»Ich bin von Stuttgart und kenne zwei exzellente Schulen mit einfühlsamen Hundetrainern«, berichtete er.

»Ich sehe mich mal bei uns um, sonst komme ich gerne auf Ihr Angebot zurück.«

Er öffnete die Tür zum Café und Natalie achtete auf Sammy. Sie musste ihn noch nie am Halsband halten, aber zu seinem Eigenschutz würde sie ihn festhalten. Auf der Terrasse direkt am Strand hielten sich nicht viele Gäste auf und die wenigen nutzten die bereitgelegten Wolldecken.

Sebastian schob Natalie einen Stuhl in einer windgeschützten Ecke zurecht und wies seine Hündin an, sich unter den Tisch zu legen, in Erwartung, dass Sammy es ihr gleichtat. So hoffte er, dass er ungestört mit Natalie plaudern konnte und mehr von ihrer ungewöhnlichen Geschichte erfuhr. Sammy blieb neben seinem Frauchen sitzen. Sie bestellten Kaffee und der Kellner befüllte einen Wassernapf für die Hunde. Sebastian erzählte von den Erziehungsmethoden, die bei Nelly rasch zum Erfolg führten. Natalie hörte ihm gerne zu, nicht nur wegen der Tipps. Er war ein attraktiver Mann und konnte gewinnend plaudern.

Sie berichtete von den Erfahrungen, einen Streuner zu adoptieren, persönliche Themen vermieden beide. Obwohl sie zu Hause in Deutschland nur wenige Kilometer auseinanderwohnten, wollte sie privat nicht ins Detail gehen. Als Sammy wiederholt den Wassernapf aufsuchte, sah sie auf die Uhr. »Oh, Fütterungszeit«, bemerkte Natalie. »Zeit, sich zu verabschieden.« Sebastian griff in seine Manteltasche und übergab ihr seine Visitenkarte. »Falls Sie doch eine gute Hundeschule brauchen, oder sonstige Hilfe, kontaktieren Sie mich doch. Ich würde mich freuen. «

Natalie bedankte sich und reichte ihm die Hand. Sebastian ergriff und hielt sie – etwas zu lang – und löste sie erst, als er ein Knurren unter dem Tisch vernahm. Irritiert und peinlich berührt rief Natalie ihren Hund: »Komm, Sammy.«

»Auf Wiedersehen! Mit oder ohne Leine«, lächelte ihre neue Bekanntschaft.

Kapitel 9 – Bari

Sammy trottete hinter Natalie her, er wirkte müde, nachdem er sich heute ausgepowert hatte, wie sicher schon lange nicht. Die Stufen ins Wohnmobil stellten jetzt kein Hindernis mehr dar. Sein Frauchen drückte die Tablette in ein Fleischstückchen und schob sie in sein Maul, füllte seinen Napf mit Trockenfutter und zog sich um. Wenn sie morgen beim Besuch der Schwiegereltern nicht im Jogginganzug auftauchen wollte, sollte sie dringend waschen, einschließlich Sammy. Da er aber konsequent Abstand von den Wellen nahm, ersparte sie ihm die Dusch-Prozedur. Noch. »Also, mein kleiner Stinker, morgen wird geduscht, sonst schläfst du draußen oder ich mit Gasmaske.«

Während er sich mit deutlich erhöhtem Appetit sein Futter schmecken ließ, räumte sie auf, leerte den Rucksack und schüttelte die sandigen Kleidungsstücke aus. Die Visitenkarte flatterte unter die Stufen und Natalie überlegte, ob sie das Kärtchen überhaupt noch aufheben sollte. Die

Neugier ließ sie unters Wohnmobil kriechen und als sie die Aufschrift las, musste sie schmunzeln:

Dr. jur. Sebastian Sannwald
Fachanwalt für Immobilienrecht und
Strafrecht

Sie verstaute die Karte bei ihren Unterlagen. Bei ihrem Pech konnte man nie wissen, ob eine schnelle Rechtsauskunft mal vonnöten wäre.

Anschließend suchte Natalie einen Campingplatz zur Übernachtung. Dazu musste sie ein Stück in nördlicher Richtung fahren.

»Also junger Mann, hüpfst du freiwillig auf den Beifahrersitz oder hast du dich überfressen?« Mit Blick auf seinen Napf freute sie sich, dass ihm die Seeluft guten Hunger bescherte. Oder das Normalfutter schmeckte ihm besser. Wer isst schon jeden Tag gesunden Brokkoli? Sie klopfte auf den Sitz, aber Sammy machte keine Anstalten sich auf denselben zu begeben. »Tut mir leid, aber wir müssen weiter, oder findest du nicht, dass deine neue Freundin ein bisschen zu jung für dich ist?« Sanft hob sie ihn hoch und zog den Reißverschluss zu. Er schlief bereits nach wenigen Kilometern, und

Natalie machte sich Gedanken, ob der heutige Tag ihn nicht doch zu sehr überanstrengt hatte.

Bari

Bari mag bekannt sein für seine historisch schönen Gassen, Gebäude und Märkte – mit Parkplätzen kann es sich nicht rühmen.

Sammy, eng an ihrer Seite laufend, als wäre er es seit Jahren so gewohnt, war nicht angeleint. Natalie ließ die Leine über ihm baumeln, als wäre er es. Die wenigen Touristen interessierten sich ohnehin nur für die vielen Sehenswürdigkeiten oder die Auslagen der Marktverkäufer. Sie schlenderten vorbei an der Basilika San Nicolaus von Myra, durch enge Gässchen mit bunten hölzernen Fensterläden und über die Piazza del Ferrarese. Zwischen den Häusern hing die Wäsche zum Trocknen trotz der kühlen Luft. In der Nudelstraße boten Nonnas ihre hausgemachte Pasta an und schon vormittags luden efeuumrankte Weinlokale Primitivo-Wein zum Probieren an. Sammy hielt schnuppernd die Nase in die Luft, nicht der edlen Tropfen wegen, eher, als hätte er eine Fährte aufgenommen. Er wirkte nervös und beschleunigte seine Schritte. »Warte doch,« rief sie und hatte Mühe mitzuhalten. »Hast du wieder ein Weibchen erspäht oder flüchtest du vor mir?« Natalie suchte den kleinen Laden mit den blauen Fensterläden, in dem es das leckerste selbst gemachte Eis von Apulien gab. Bald entdeckte sie die weißen Holzstühle davor, ein paar Gäste besetzten bereits die Tische und löffelten aus ihren hohen Eisbechern. Während sie verstohlen hinter die Verkaufstheke blickte, ob Matteos Familienangehörige bedienten, huschte Sammy unbemerkt in den Servicebereich, als wäre er hier zu Hause. Natalies Blick schweifte über wenige, aber verlockend aussehende Eissorten in bunten Farben, verziert mit Früchten, Schokolade oder Nussstückchen.

»Prego, Signora«, sprach sie eine Verkäuferin in ihrem Alter an.

Natalie kannte sie nicht, vermutlich eine Angestellte, dachte sie. »Einmal Pistazie und Vanille, bitte«, bestellte sie und erinnerte sich: Es war auch Matteos Lieblingseis. »Darf ich es draußen am Tisch essen? Ich würde danach noch einen Cappuccino trinken«, bat Natalie und nickte zu einem der freien Stühle vor dem Café.

»Si, Signora.« Die Eisverkäuferin verstand offenbar Deutsch.

Natalie sah sich nach Sammy um, der aus ihrem Blickfeld verschwunden war. Schwanzwedelnd begrüßte er eine ältere Frau an der Kasse, die ihm freundlich eine frische Waffel spendierte. Natalie erkannte sie nicht auf Anhieb.

»Hey du Ausreißer, das hast du also gerochen, komm mit nach draußen«, forderte Natalie ihn auf.

Sie setzte sich und Sammy kannte seinen Platz unter dem Tisch bereits. Er kaute genüsslich an dem hausgemachten Gebäckstück herum.

Natalie setzte sich so, dass sie Einblick in das Eiscafé nehmen konnte, und genoss gleichzeitig das Treiben in der Gasse. Als ein Kellner heraustrat, erkannte sie ihren Schwager und winkte ihm.

»Buongiorno«, grüßte er höflich und stutzte bei ihrem Anblick.

»Buongiorno, Ricci«, lächelte sie zurück.

»Natalia?« Sein überraschter Gesichtsausdruck wunderte sie nicht. Über vier Jahre war der letzte Besuch her. »Was machst du hier?« Es klang nicht abweisend, eher verwundert, denn er hatte nicht mehr mit ihr gerechnet.

»Das leckerste Eis von ganz Italien genießen?«, schmunzelte sie. »Ich bin sozusagen auf der

Urlaubsdurchreise, zusammen mit meinem Begleiter hier.« Sie machte ihn auf Sammy aufmerksam. Dieser saß jetzt angespannt neben dem Tisch, fixierte Ricci, als traue er ihm nicht und grollte kaum wahrnehmbar. Natalie betrachtete fasziniert Riccis Gesicht. Es glich Matteos' wie ein Ei dem anderen. Inzwischen hatte sein Bruder das Alter erreicht, in dem Matteo sterben musste, nahm sie schmerzlich wahr. Sein Charakter – erinnerte sie sich vage – das pure Gegenteil. Seine folgende Frage stellte er nicht aus freundlichem Interesse, sondern zielte darauf ab, sie hier nicht willkommen zu heißen. Zu tief saß ihre Schuld in seiner Wunde. Mit jeder Erinnerung an Natalie wurde sie größer und er machte keinen Hehl daraus, ihr das zu verdeutlichen. »Wann reist du ab?«

»Wenn ich mit meinen Schwiegereltern gesprochen habe.«

»Da hast du Pech. Paolo ist unterwegs und Maria arbeitet. Du solltest sie in Ruhe lassen, sie haben genug mitgemacht.«

Natalie stand auf. Sammy auch. »Glaubst du, ich nicht? Ich habe mich jetzt vier Jahre verkrochen, aber meinst du, Matteo hätte das gewollt?« Ihre Worte öffneten ein emotionales Ventil. Auch für ihren Schwager, denn er revoltierte zurück:

»Und was willst du hier noch besprechen? Nichts macht ihn wieder lebendig«, keifte Ricci gerade so laut, dass andere Gäste nicht auf das Streitgespräch aufmerksam wurden.

»Ich bin nach Italien gekommen, um nochmal all die Orte zu besuchen, wo ich mit meinem Mann so glücklich war.«

»Und warum seid ihr dann nicht hiergeblieben, sondern hast ihn nach Deutschland geschleppt?« Ricci wurde ungehalten und Sammy nervös.

»*Er* hat unser Häuschen gefunden und *er* machte den Vorschlag, es zu kaufen. Auch um die Arbeitsstelle hatte *er* sich beworben und Italien sei ja keine Weltreise, meinte er. Aber das hab ich euch schon erzählt, warum schiebt ihr mir die Schuld in die Schuhe? Der Unfall hätte überall passieren können!«

Ricci holte Luft, verstummte aber, als seine Mutter – von dem Streitgespräch aufmerksam geworden – in der Tür erschien und auf Italienisch auf ihren Sohn einredete. Er räumte hektisch den Tisch ab und verschwand forschen Schrittes in der Eisdiele ohne ein Wort.

»Hallo Maria«, begrüßte Natalie ihre Schwiegermutter. Sammy klopfte mit seiner Rute auf das Kopfsteinpflaster in Erwartung einer weiteren köstlichen Waffel. Maria reichte ihr verhalten die Hand, anstatt sie zu umarmen. Sie sprach in gebrochenem Deutsch: »Bist gekommen in Urlaub?«

»Ja. Und ich wollte euch nochmal sehen und fragen, wie es euch geht. Und euch bitten, mir nicht böse zu sein.«

»Ist lange her«, nickte Maria. »Aber Matteo bleibt unvergessen.«

Natalie fühlte sich zu Unrecht beschuldigt und bemühte sich um ihre Rechtfertigung, die sie längst loswerden wollte.

»Ich habe Matteo so geliebt, und das Motorrad so gehasst. Ich wollte nicht, dass sowas passiert. Jeden Morgen musste er mir versprechen, vorsichtig zu fahren. Er wollte in Deutschland bleiben, nicht nur wegen mir. Ich denke jeden Tag an ihn.« Sie schluckte, hielt die Finger vor die bebenden Lippen.

»Schutzengel nicht hat ihn erreicht dort ..., aber wenn er war glücklich, so lassen in Frieden dort ruhen.« Marias Stimme brach. »So weit weg ... kann ich nicht mal besuchen Matteo mio.« Verstohlen wischte sie sich über die Augen.

»Ich seid jederzeit herzlich willkommen«, tröstete Natalie, die selbst einen dicken Kloß hinunterschluckte.

»Kann ich hier nicht weg, wegen Geschäft«, krächzte Maria heiser und suchte ein Taschentuch in ihrer geblümten Kittelschürze.

»Aber wenn ihr die Gelegenheit habt, dann kommt, ich würde mich sehr freuen.«

»Ich weiß, du kannst nix dafür, was passierte, aber Schmerz ist so groß, Ricci kann nix vergessen.«

»Ich habe versucht, Matteo das Motorrad auszureden, aber er liebte es.«

Maria sah auf Sammy, sie nickte nur traurig und streichelte seinen Kopf. Tröstend schleckte er ihre Hand.

»Passt auf euch auf und grüße bitte Paolo von mir.« Natalie umarmte ihre Schwiegermutter zum Abschied und sie erwiderte den festen Druck.

»Arrivederci und alles Gute für euch. Komm Sammy.« Er erhob sich, drehte seinen Kopf zu Maria, schnupperte nochmal in die Eisdiele und folgte Natalie.

<h1 style="text-align:center">Kapitel 10 – Vieste</h1>

Natalie fühlte sich erleichtert. Wenigstens Maria konnte sie noch einmal in die Arme nehmen. Ricci würde ihr nie verzeihen. Er war schon mit der Hochzeit nicht einverstanden. Absichtlich war er zu spät gekommen. Seinetwegen verschob sich die Zeremonie, denn er hatte unsere Ringe, die er Matteo nur widerwillig übergab.

Natalie kaufte auf der Piazza Mercantile frische Früchte und Sammy einen Rinderknochen für später. Mit schleppendem Gang und gesenktem Haupt lief er neben ihr, und sie fragte sich, ob es ihm zu anstrengend war oder ihm etwas fehlte.

Zurück im Wohnmobil suchte er sein Hundebett auf und legte seinen Kopf auf die Pfoten.

Natalie setzte sich auf die Bank, nahm Matteos Foto und betrachtete es lange. »Ich wünschte, du wärst hier. Alle vermissen dich.« Nach einer Weile hörte sie Hundepfoten auf dem PVC-Belag am Boden tapsen, Sammy wühlte mit der Schnauze im Rucksack. »Jetzt schon dein Leckerli?«, stutzte Natalie. Aber er kam mit der roten Stofftierkrake zurück und legte sie ihr auf den Schoß. »Oh Sammy, tröstest du mich?«, flüsterte sie, während ihr eine Träne herablief. Er blickte mit seinen traurigen Augen zu ihr hoch und sie streichelte ihm zärtlich über seinen Kopf. Er ließ es zu. Spontan entfernte sie sein verhasstes Halsband und warf es in die Kiste zu der Leine. »Ich glaube, du läufst nicht weg, mein Kleiner. Lass uns, solange es geht, zusammenbleiben.«

Nach dem Trubel in der Stadt sehnte sich Natalie zurück in die Stille der Natur.

Auf dem Weg ihres nächsten Etappenziels Vieste verließ sie die Küstenstraße und bog nach den Salinen Margheritas links ins Landesinnere ab. Inmitten von Feldern eingebettet, reihten sich zahlreiche Seen in die üppig bewachsene Natur. Weit und breit keine Zivilisation. Sammy und sein Frauchen sogen die frische würzige Luft bewusst ein und genossen die Sonnenstrahlen, die sich zwischen den Bäumen hindurchzwängten. Nicht nur für Hunde lagen paradiesisch viele Entdeckungen, wie Enten, Häschen, Vögel und Frösche vor ihnen. Sammy wagte sich sogar ans Wasser, um zu trinken. In jedes Mauseloch steckte er seine Nase, erschreckte mit Gebell die Wildenten, die eilig

Anlauf nahmen, um sich in die Lüfte zu schwingen, Eidechsen huschten in ihre Ritzen zurück, nur das Stöckchen, das Natalie warf, wurde weiterhin ignoriert.

»Kluger Hund – ist ja auch ein dummes Spiel, stimmts Sammy?«, konstatierte sie ironisch.

Nach der großen Runde bekam sie richtig Appetit. Während ihr Hund vor dem Wohnmobil allerlei Getier hinterherjagte, bereitete sie sich ein paar Karotten- und Gurkensticks mit Dip. Sie wunderte sich, dass er vorhin in der Stadt rasch müde wurde, sich hier aber weiterhin austobte.

Sie setzte sich mit der Gemüseschüssel auf einen abgesägten Baumstamm, bot ihrem Hund den gekochten Rinderknochen an und beide knabberten genüsslich. Natalie studierte auf dem Handy die weitere Route, als Sammy sich ihr näherte und ihre Hand ableckte. »Ist das ein Küsschen?«, wunderte sie sich und streichelte ihn. »Komm Sammy, ich weiß, es ist so schön hier, aber wir müssen uns einen Campingplatz für die Nacht suchen. Oder bist du auch der Meinung, wir sollten eine Panne vortäuschen und hier wildcampen?« Natalie lachte laut auf, als Sammy seine Pfote auf ihr Knie legte, als würde er zustimmen und wie ein Mensch zur Bestätigung, dass sie sich einig waren, einschlagen.

Obwohl sie häufigen Besuch von nachtaktiven Kleintieren und nervtötenden Mücken bekamen, schliefen sie erholsam in der freien Natur.

In Vieste mit den zerklüfteten Kalksteinfelsen fanden sie einen Platz wieder direkt am Strand. In mit Lorbeerhecken abgetrennten Parzellen gesellten sie sich zu fünf weiteren Campern. Zwei junge Frauen boten ihre Hilfe an – Natalies Parkvorgang zog sich etwas in die Länge, bis sie parallel zur Hecke stand. Die beiden Österreicherinnen stellten sich mit Simone und Dani vor und luden sie auf ein Gläschen Wein ein.

»Danke. Vielleicht nach dem Abendessen. Kennt ihr ein gutes Lokal in der Umgebung?«, erkundigte sich Natalie.

»Das beste befindet sich oben in der Altstadt, in einer versteckten Gasse, aber der Aufstieg ist mühsam«, berichtete eine der älteren Frauen.

»Wenn dir Pizza und Pasta reichen, hat der Campingplatz auch was anzubieten.«

»Genug gelaufen, komm Sammy, wir holen uns eine Pizza und legen uns an den Strand, was meinst du?« Der Hund hörte ihr zu und schleckte sich das Maul, als bekäme er Appetit.

»Also, mein lieber Reisebegleiter, welches Ziel peilen wir als nächstes an?«, wandte sich Natalie an Sammy und biss in die Calzone. Er lag im Sand neben ihr und nagte an seinem Rinderknochen, der inzwischen blank gefressen war.

»Laut Wetterapp regnet es morgen oft, ich schlage vor, wir legen eine größere Strecke zurück und bleiben, wo es uns gefällt, oder das Wetter passt und wir genießen das Meer und den Strand.«

Statt einer Antwort, auf welche Art auch immer, fing Sammy an zu knurren. Natalie starrte ihn verdutzt an und folgte seinem starren Blick. Er hatte einen Strandverkäufer im Visier und stellte sich drohend auf.

Der junge Mann im orientalischen Gewand bot mit respektvollem Abstand Ketten, Tücher und Uhren an und sie wechselte den Blick zwischen ihm und dem aufgebrachten Sammy.

Der Verkäufer stapfte aus Skepsis vor dem Hund zu den Österreicherinnen, die ebenfalls vor ihrem Camper saßen, und – schon etwas belustigt – am Weinglas nippten. Auch sie bekundeten Desinteresse, sodass der Mann weiterzog.

»Natalie!«, rief eine der beiden. »Wenn du noch ein Schlückchen mittrinken magst, komm zu uns rüber!«

Sie holte Sammys Wassernapf und brachte Erdnüsse mit. Etwas menschliche Gesellschaft könnte nicht schaden, ging ihr durch den Kopf, und vielleicht hatten die Damen einen Tipp für Sehenswürdigkeiten in nördlicher Richtung.

»Pescara hat eine hübsche Altstadt und eine spektakuläre Fußgänger- und Fahrradbrücke mit toller Aussicht auf die Stadt«, schlug Simone, die Ältere vor. »Und ein sensationelles Fischrestaurant an der Uferpromenade«, ergänzte ihre Begleiterin und griff beherzt in die Erdnussschale.

»Das liegt auf unserer Strecke und klingt interessant. Was meinst du Sammy, magst du Fisch?« Der döste in der Abendsonne und nach dem ›Sundowner-Wein‹ der kichernden Damen, verabschiedete sich Natalie bald ins Bett.

Mitten in der Nacht wurde sie jäh aus dem Schlaf gerissen. Sammy schlug an, er stand an der Tür und bellte so laut, dass es Natalie mit der Angst zu tun bekam. »Wo ist die Taschenlampe?«, schimpfte sie über ihre eigene Unordnung und sah sich hektisch um. Der Hund verharrte horchend an der Tür, knurrte aber noch warnend. Die Lampe klemmte hinter der Bank und endlich gefasst, fuchtelte sie damit durch die Lamellen des Küchenfensters. Lichtgeflimmer durch die Hecke, Stimmengewirr, ein dumpfes Geräusch von splitterndem Kunststoff und zuletzt ein Schrei, veranlassten Natalie zum Handy zu greifen. »Verdammt, wie lautet die Notrufnummer in Italien?« War die nicht einheitlich?, dachte sie panisch und wählte die 112. »Überfall!«, rief Natalie auf Englisch, als sich der Notfalldienst meldete. Aufgeregt beschrieb sie, was sie sah und hörte. Die Person in der Leitstelle bestätigte ihren Standort und versprach, sofort Einsatzkräfte zu schicken. Plötzlich näherten sich Schritte und sie und Sammy lauschten. Schlagartiges Klopfen an ihrer Tür ließ Natalie zusammenzucken und Sammy zum Protestgebell anstimmen. Mit erhobener Taschenlampe stand sie hinter der Tür.

»Natalie?« Sie hörte ihren Namen mit österreichischem Dialekt und atmete die noch angehaltene Atemluft aus. Sammy bellte und knurrte nicht mehr, schaute sie aber erwartungsvoll an.

»Hilf uns bitte, Natalie«, erkannte sie die dumpfe Stimme Simones. Sie öffnete vorsichtig und starrte in die weit aufgerissenen Augen der Österreicherin. »Wir sind überfallen worden, Dani ist verletzt. Der Mann ist geflüchtet«, berichtete sie atemlos. Natalie informierte die vor Angst zitternde Camperin, dass sie bereits Hilfe angefordert hatte, schnappte sich den Verbandskasten, verschloss die Tür und eilte mit Sammy zur Nachbarparzelle. Dani saß am Boden ihres Campers und hielt sich den Hinterkopf.

»Was ist passiert?«, fragte Natalie und leuchtete mit ihrer Taschenlampe auf die Wunde.

»Er brach die Tür auf, ich wollte nachsehen, was los war, und als er hier eindrang, schubste er mich an die Schrankwand«, stotterte sie aufgeregt.

Sirenen kündigten Rettungskräfte von Weitem an und Natalie fühlte sich ab diesem Augenblick erleichtert.

»Ich habe den Einbrecher erkannt. Und ich glaube; du kennst ihn auch«, meinte Dani.

Natalie stutzte. »Wer war es?«

»Der Strandverkäufer von heute Nachmittag«.

»Der? Ich erinnere mich, Sammy hat ihn angeknurrt. Der Typ hat sich umgeschaut, wahrscheinlich wollte er uns ausspionieren.«

Simone wies den Rettungskräften den Weg. Zwei Polizisten betraten den Wohnwagen, bombardierten sie auf Englisch mit Fragen. Zwei Sanitäter eilten hinterher. Natalie ging nach draußen, um Platz zu machen. Sammy saß vor der Tür und tat, als hätte er die Lage unter Kontrolle. Nachdenklich betrachtete sie ihn. Er spürte, dass der Verkäufer am Strand nichts Gutes im Sinn hatte. Aber den Rettungskräften wich er ohne Murren bereitwillig aus. Ricci knurrte er wiederum an. Auch er war ihr nicht wohl gesonnen, während er Marias Streicheleinheiten akzeptierte. Konnte der Hund zwischen Gutmensch und Personen mit schlechten Absichten unterscheiden?, fragte sie sich.

Die Polizeibeamten baten sie zu berichten, was sie gesehen oder gehört hätte und um eine Personenbeschreibung. Nach der Untersuchung und Wundversorgung der Verletzten durch die Sanitäter zogen sie zusammen ab.

»Alles in Ordnung mit Dani?«, erkundigte sie sich bei Simone.

»Ja«, antwortete diese. »Es ist nur eine oberflächliche Wunde. Außerdem weigert sie sich, zur Beobachtung mit ins Hospital zu kommen. Und sie wollte mich nicht allein lassen.«

»Da hatten wir alle Glück, dass außer dem Schreck und Danis Wunde nicht mehr passiert ist.«

»Bleibt ihr noch eine Nacht?«

»Nein«, schüttelte Simone den Kopf. »Wir reisen ab, bevor der Typ hier nochmal sein Unwesen treibt. Du hattest besonders Glück, dein Hund hat ihn sicher abgehalten. Eine allein reisende Frau hätte er bestimmt eher überfallen als uns.«

»Wer weiß. Ich breche heute auch auf.«

»Und? Wo geht es hin?«»Na, wie ihr mir empfohlen habt – nach Pescara.«

Kapitel 11 – Pescara

Nach dem Frühstück setzte sich Natalie zu ihrem treuen Begleiter und streichelte ihn liebevoll. Nur am Hals zuckte er zusammen, wenn sie nicht aufpasste. »Weißt du eigentlich, wie froh ich bin, dass du bei mir bist? Ich wusste, du bist etwas ganz Besonderes und bin gespannt, welche Abenteuer wir noch erleben.«

Sammy genoss seine Streicheleinheiten, leckte ihre Hand und als sie sich behutsam an ihn lehnte, stupste er sie an die Wange. »Ich bekomme ein Küsschen? Danke schön!« Vorsichtig strich sie ihm die Fellsträhnen über den Augen nach hinten und legte zwei glänzende braune Knopfaugen frei. Sie hielten ihrem Blick stand. Kein ängstliches Verschließen oder Wegducken, wenn sie ihm zu nahekam. Natalie fragte sich, was einem so lieben Hund angetan wurde, dass es ihn zu diesem wechselhaften skeptischen Verhalten veranlasste. Eine Misshandlung von Menschenhand hätte ihn doch bei jedem misstrauisch werden lassen. Sie hatte das Gefühl, dass er zu ihr rasch Vertrauen fand, nicht nur wegen der Rettung aus dem überfluteten Tierheim. Aber dass er sich bei Mariella, Alessandro und seinem Pfleger Pedro so argwöhnisch verhielt? Sebastian und Ricci knurrte er an, Maria nicht? Verteilt er seine Sympathien geschlechtsspezifisch? Akzeptierte er sie als Frauchen und bricht sein Beschützerinstinkt durch?

Natalie hoffte, das herauszufinden und dass auch die Traurigkeit, die tief in seiner Seele schlummerte, durch positive Erlebnisse in den Hintergrund trat. Sie würde alles dafür tun.

Am Hafen von Pescara ergatterte Natalie nach mehreren Runden endlich einen großen Parkplatz und freute sich, dass trotz bedrohlich wirkenden Wolken, die Sonne ihre letzte wärmende Kraft vom Himmel spendete.

Am Kai bot sich ein typisch südländisch mediterranes Bild: Auf Eis gekühlte Fische glänzten in den Holzkisten der Fischverkäufer. Einer der Männer in langen Anglerhosen grillte seinen Fang gleich vor Ort und ein leckerer Duft lockte zahlreiche Kundschaft an. Meist ältere Frauen, die ihre Körbe vorstreckten, um frische heimische Meeresfrüchte in Empfang zu nehmen und gleichzeitig in wort- und gestenreicher

Unterhaltung den neuesten Klatsch austauschten. Händler, die mit den Fischern über die Preise feilschten, als führten sie ein Streitgespräch, das sie dann nach Einigung lachend mit festem Handschlag beendeten. Kisten, die zum Transport auf dreirädrigen Apen lagerten, und auf die Abfahrt zu den Geschäften warteten.

Natalie und Sammy freuten sich auf einen Spaziergang am Hafen von Pescara, wo sie das rege Treiben und die Boote beobachteten.

Sie überquerten die architektonisch auffällige Ponte del Mare, die ihnen einen spektakulären Blick über die Stadt und das Meer bot. In der historischen Altstadt spazierten sie an der Cattedrale di San Cetteo vorbei und südlich des Flusses durfte Sammy ein paar Enten jagen.

Dunkle Regenwolken verfrühten die abendliche Dämmerung und die Voraussage der Wetterapp für die Region ließ kaum mehr sonnige Tage erwarten. Natalie erwog, ob sie nicht ohne lange Aufenthalte die Heimfahrt antreten sollte. Doch auf ein Ziel hätte sie nur ungern verzichtet: Riccione. Das beliebte Urlaubsziel ihrer Eltern weckte angenehme

Erinnerungen an ihre Kindheit und Sammy könnte noch ein letztes Mal am Strand toben.

Sie übernachteten unerlaubter oder besser – nicht gern gesehener Weise – auf dem Parkplatz am Hafen zu Pescara in Gesellschaft einer Handvoll weiterer Camper, brachen aber früh auf, um nicht doch noch einen Strafzettel zu kassieren.

Es regnete weiterhin Bindfäden, dass selbst das sonst azurblaue Meer in trüben Grautönen vernebelte.

Dreieinhalb Stunden später suchte Natalie vertraute Plätze des Urlaubsortes Riccione auf. Das damalige Hotel gab es noch, jedoch unter anderem Namen. Der Strand war verwaist, das Wetter vertrieb selbst hartgesottene Touristen. Die einspurige Straße mit den verriegelten Einkaufsständen erinnerte an von den Goldgräbern verlassene Städte in alten Westernfilmen. Natalie dachte an ihre Familie. Wie glücklich und sorgenfrei sie hier die viel zu seltenen Urlaube verbrachten. Wie sehr genossen Martin und sie als Kinder die ungewohnt langen Ladenöffnungszeiten. Statt früh ins Bett zu müssen, aßen sie köstliche Pastagerichte direkt an der belebten Straße. Natalie erbettelte sich einen silbernen aufblasbaren Delfin und am letzten Tag gab Mama endlich nach, ihr das rote Fransen-T-Shirt zu kaufen, in dem sie sich, braungebrannt wie sie inzwischen war, so hübsch fühlte. Tausende von Lire gab sie dafür aus – mit Umrechnungen hatten sie in der Grundschulzeit noch keine Berührungen.

Sammy hielt seine Nase in die salzige Meeresluft und legte seinen Wuschelkopf schief. Der Campingplatz ohne Umzäunung befand sich inmitten von in die Jahre gekommene Wohn- und Ferienhäuser. Papiertüten vom Wind erfasst, raschelten über den Asphalt.

Plötzlich sprang Sammy die beiden Stufen hinunter und näherte sich langsam einem schmutzig-weißen Mischlingshund, der – vermutlich auf Futtersuche – herumschnüffelte. Normalerweise hielt er Abstand zu anderen Hunden, aber dieser war kleiner und ausschließlich an dem Inhalt der Tüten interessiert.

Er bemerkte Sammy erst, nachdem der Wind das leere Papier erfasste und mit forttrug. Suchend schnupperte er die Umgebung nach weiteren Nahrungsresten ab und beachtete Sammy gar nicht. Mutig forderte dieser den Kleinen mit einem Sprung zum Spiel auf. Der aber leckte sich über die Lefzen und trottete weiter. Natalie beobachtete, wie ihr Hund den Mischling schwanzwedelnd begleitete, und sie vermutete, dass es sich um eine kleine Hundedame handelte. Wehmütig dachte sie an seine Krankheit und bedauerte, dass für ihn nicht mehr viel Zeit für das Glück einer Hundeliebe blieb. Entschlossen schnappte sie sich ihre Regenjacke, verriegelte die Tür und folgte den beiden.

Italien hat dieses Flair, das Leben zu genießen, Sonne, Meer und mediterrane Düfte aufzusaugen, Sorgen hinter sich zu lassen – Dolce Vita – sinnierte Natalie schwärmerisch. Zumindest wenn man kein streunender Hund auf Nahrungssuche ist. Sie wurde aus ihren Gedanken gerissen, als sie einen blechern klingenden Knall vernahm.

Die Hundedame hatte einen Mülleimer umgestoßen, umrundete ihn und roch an leeren Flaschen. Enttäuscht näherte sie sich dem Strand, nachdem sie ihr rosafarbenes Näschen in die Meeresbrise gehalten hatte und Fischgeruch wahrnahm. Sammy blieb an ihrer Seite. Natalie stellte sich vor, wie auch er früher kämpfen musste, um seinen Magen zu füllen, ohne von den Tierfängern erwischt oder von den Einheimischen verjagt zu werden.

Die beiden untersuchten gemeinsam angeschwemmte Muschelschalen, Krebspanzer und

Netze nach Essbarem. Erst als die Kleine sich an einem angespülten Fischkadaver zu schaffen machte, schritt Natalie dazwischen. Die fremde Hündin flüchtete und Sammy folgte ihr. Sie liefen Richtung Straße und Natalie suchte ihre Taschen hastig nach Leckerlis ab.

»Sammy!«, rief sie laut und hoffte, dass er sich umdrehte. Sie ärgerte sich, dass sie keine Versuche unternommen hatte, ihn an eine Leine zu gewöhnen, aber sie vertraute ihm inzwischen und er hatte auch kein Halsband mehr um.

Sammy schaute sich erst nach dem zweiten energischen Zuruf um und suchte das Leckerli, dass Natalie unbeholfen in seine Richtung warf.

Die Hündin beobachtete den Ablenkungsversuch. Natalie katapultierte auch ihr ein Futterstück vor die Beine. Misstrauisch schlich sich die Hundedame heran und verschlang es gierig.

Die arme Maus musste ausgehungert sein, dachte Natalie, legte ihre restlichen Leckerlis hin und entfernte sich ein paar Schritte. Sammy schnappte sich einige, überließ die meisten aber der sich nähernden Hündin. Natalie überlegte, ob das so eine gute Idee war. Wenn sie uns folgte, bekäme sie gerne einen gefüllten Napf, aber mitnehmen durfte sie die Hündin nicht, schon wegen der fehlenden Papiere, vielleicht gehörte sie auch jemandem.

Sammy bellte und riss Natalie aus ihren Gedanken. Verwirrt sah sie ihn an und er die Hündin. In der Sonne funkelte ein Silberherz, das sie um den Hals trug. Vorsichtig näherte sie sich und erkannte eine Telefonnummer neben dem Namen Gina. Spontan zückte sie ihr Handy und wählte unter Berücksichtigung der italienischen Vorwahl die Nummer.

Eine ältere Dame meldete sich und als Natalie den Namen Gina erwähnte, jauchzte sie freudig und übergab das Gespräch an eine Krankenschwester, die auf Englisch übersetzte.

Die Dame lag im Krankenhaus und war voller Sorge um ihre Hündin, die sie nicht versorgen konnte. Sie schicke gleich eine Nachbarin, die sie aufnehmen würde.

Während sie wartete, forderte Sammy die kleine Gina zum Spiel auf. Sie stupsten sich, als wollten sie zubeißen, drehten sich im Kreis und tobten, dass der Sand aufstob.

Natalie genoss es, das Spiel der beiden Hunde zu beobachten, Sammy benahm sich wie ein albernes Kind und die Hündin wurde immer dreister. Als die zwei sogar im Wasser herumtollten, dass es nur so spritzte, fühlte sich Natalie in die Zeit zurückversetzt, als sie Matteo kennenlernte ...

Kapitel 12 – Kennenlernen

Er nahm an einer Fortbildung für Notfallmediziner teil. Das Hotel lag am Levicosee in Südtirol. Steffi und ihr Mann Ralf, der ebenfalls an der Notfallfortbildung teilnahm, luden Natalie ein, sie zu begleiten, wenn auch nur um sich ein paar Tage zu erholen. Die Immobilienkonjunktur florierte, eine Auszeit hätte ihr sicher gutgetan. Aber die Büroarbeiten duldeten keinen Aufschub und so blieb ihr nur das Wochenende, um nachzukommen.

Natalie reiste am späten Freitagnachmittag an, nutzte das warme Juniwetter, um eine Runde im See zu schwimmen, entspannte sich im Wellnessbereich des Hotels und verabredete sich abends mit Steffi an der Bar. Die Gäste trugen überwiegend Abendrobe, Natalie fühlte sich in ihrer Jeans mit Top und sportlichem cremeweißen Blazer genauso wohl. Bis auf zwei waren alle Barhocker belegt und sie fragte den Mann, der seinen Weinkelch umklammerte, ob der Platz neben ihm frei wäre.

Ein »Solange sie mich in Ruhe lassen« in mürrischem Ton, war zwar nicht die Antwort, die sie hören wollte, aber Natalie konterte, ohne sich die gute Laune verderben zu lassen: »Ich kann mich gerade noch beherrschen«, mit Blick auf die fast leere Weinflasche vor ihm.

Sie bestellte sich eine Piña colada und beobachtete die Gäste in der großen, elegant ausgestatteten Lounge. Die meisten Herren trugen Anzüge oder sportliche Kleidung der höheren Preisklasse, die Damen Abend- oder Cocktailkleider. Weder Steffi noch Ralf konnte sie entdecken, dafür wandte sich ihr schlecht gelaunter Nachbar zu ihr: »Na? Schon was gefunden?« Er lallte zwar nicht, aber seine geröteten Augen wiesen auf einen leicht angeschlagenen Gemütszustand hin.

»Ich wusste gar nicht, dass ich was suchen sollte«, erwiderte Natalie.

»Wieso bist du dann da? Bist doch keine Teilnehmerin hier«, raunzte er.

»Eigentlich hoffte ich auf ein paar freundliche Menschen, mit denen man sich respektvoll unterhalten kann, aber im Moment sehe ich keine.« Ihr Sarkasmus traf und sie hielt weiterhin Ausschau nach Steffi.

Plötzlich reichte ihr der Mann seine Hand: »Ich möchte mich entschuldigen. Mein Name ist Matteo und ich hatte heute einen echt miesen Tag.«

Überrascht ergriff sie seine Hand und sah in seine traurigen Augen. »Natalie. Und bisher hatte *ich* einen sehr guten Tag.«

»Tut mir leid, ich ...«

Sein italienischer Akzent war unüberhörbar, dachte Natalie, als ihr Handy vibrierte und das Gespräch unterbrach.

»Natalie?«, schrillte Steffis Stimme an ihr Ohr. »Wir sind auf der Terrasse, nimm deinen Drink mit und komm doch auch raus, es ist noch warm draußen«, hörte sie ihre Freundin, die versuchte das Stimmengemurmel der Menschenmenge zu übertönen.

»Okay, ich komme«, antwortete Natalie und wunderte sich, warum Steffi sie nicht abholte, wenn sie schon wusste, wo sie war.

»Es tut mir auch leid, Matteo«, wandte sie sich an ihre neue italienische Bekanntschaft, »aber meine Freundin wartet, und da ich Sie ja in Ruhe lassen soll, wünsche ich Ihnen noch einen schönen Abend«, lächelte und ließ ihren zukünftigen Mann verdutzt stehen.

Auf der Terrasse hatte sie Mühe, sich bis zu der weit hinten winkenden Hand Steffis, durchzudrängen. Sie umarmte ihre Freundin und hatte Angst, dass die Nähte des extrem engen kirschroten Cocktailkleides reißen und ihre üppige Oberweite preisgeben könnte.

»Wow, du hast dich ja in Schale geschmissen, hat Ralf das so freigegeben?«, staunte Natalie und stieß ihr Cocktailglas an ihre Sektflöte. »Cheers. Wo ist er?«, erkundigte sich Natalie.

»Tja, da musst du in den elitären Medizinerkreisen suchen«, antwortete Steffi mit gestelzter Stimme und erhobenem Kinn.

Natalie kicherte. »Du hast am Handy von ›wir‹ gesprochen, hast du jemanden kennengelernt?«

»Äh, wie bitte? Nein, mit ›wir‹ meinte ich die Menschenmenge hier.«

In diesem Augenblick trat Matteo auf die Terrasse. Mit seinem Weinglas in der Hand überblickte er gelassen die Umgebung. Steffi zog ihre Freundin am Arm auf die Seite. »Dein Glas ist fast leer, wir holen uns jetzt mal was Richtiges«, bestimmte sie und drängte sich – ständig entschuldigend – durch die Teilnehmergrüppchen. Natalie stolperte hinter ihr her, als sie Matteo bemerkte. Er lächelte und nickte ihr zu. Sie lachte achselzuckend zurück.

»Steffi, du benimmst dich seltsam, raus, rein – was ist los?«

»Gar nichts. Ich hole uns nur was zu trinken.«

»Aha, und ich komme mir vor, wie auf der Flucht.«

Die beiden hatten die Bar noch nicht erreicht, da stand plötzlich Ralf vor Steffi und wollte sie dringend sprechen. Natalie begrüßte er nur kurz. Er musste abreisen, seine Praxisvertretung fiel aus und er hätte Notdienst an diesem Wochenende.

»Kannst du nicht dableiben? Ich kann dich doch Sonntag mitnehmen?«, fragte Natalie ihre Freundin enttäuscht.

»Das geht nicht, ich erkläre dir später, warum.« Hastig stellte sie ihr Glas ab und sah sich suchend um. »Es tut mir leid, genieße das Wochenende fernab vom Büro und lass dich von niemandem ansprechen, die sind hier alle nur an deinem Körper interessiert«, kicherte Steffi gekünstelt und umarmte sie.

Eine Stornierung war nicht möglich, also blieb Natalie im Hotel, wenn auch allein.

Am Samstag plante sie eine Wanderung um den See. Der Frühstückssaal war nur halb gefüllt, viele Teilnehmer und ihre Angehörigen waren abgereist. Abgesehen von einem schlecht gelaunten Italiener kannte sie hier niemanden, nutzte aber die Auszeit und freute sich auf den Rundgang.

Am Nordufer führte der Weg an einer fjordartigen Bucht entlang und endete an einem Holzsteg über einem Biotop.

Bunte Farben der Sommerblüher spiegelten sich im See und nur die raschelnden Blätter der schattenspendenden Bäume durchbrachen die erholsame Stille. Am Ende des Holzstegs traf sie auf einen Bekannten – Matteo. Mit hochgekrempelter Jeans saß er am Rande des Stegs und ließ die Füße im Wasser baumeln. Natalie wollte umdrehen, als sie ihn erkannte, doch er lächelte und winkte ihr. Zögerlich schritt sie auf ihn zu, hatte aber keine Lust auf einen Smalltalk mit mies gelaunten Medizinern.

Er legte um Stille bittend den Zeigefinger auf seine Lippen und zeigte anschließend auf das Schilf am Ufer. Eine Entenfamilie mit sechs Jungen schwammen unter den Steg und die kleinen hatten Mühe, der warnend quakenden Entenmutter zu folgen. Matteo deutete Natalie, neben ihm Platz zu nehmen, und sie folgte leise und langsam seiner Aufforderung, um die Enten nicht zu stören. Stumm nebeneinandersitzend beobachteten sie die Tiere. Um die Faszination der Natur zu genießen, bedurfte es keiner Worte. Matteo und ihre Blicke trafen sich kurz, sie legte den Kopf in den Nacken, schloss ihre blauen Augen und genoss die warmen Sonnenstrahlen im Gesicht.

»Hattest du einen schönen Abend?«, durchbrach er nach einer Weile die Stille.

»Nein«, antwortete sie knapp.

»Hab *ich* ihn mit meiner schlechten Laune verdorben?«

»Nein«, lächelte sie. »Meine Freunde sind abgereist. Aber diese Auszeit rettete mich gerade noch rechtzeitig vor einem Kunden-Tsunami.«

Matteo grinste. »Meine Arbeit wäre auch angenehmer, wenn die Patienten nicht wären. Ich bin Rettungsassistent. Und du?«

Natalie kicherte. »Immobilienmaklerin. Zurzeit können wir uns vor Objektanfragen und -angeboten nicht retten.«

»Bleibst du auch bis morgen?«, wollte er wissen.

»Ja, am liebsten länger, es ist so schön hier.« Sie legte den Kopf wieder in den Nacken und sonnte sich.

»Hast du Lust, noch ein Stück zu wandern? Bis zum Mittag sind wir zurück.«

Auf dem Rundgang lernten sie sich näher kennen, sprangen kurz vor Erreichen des Hotels in Unterwäsche in den klaren See und aßen gemeinsam zu Mittag. Bei einem Kaffee erfuhr Natalie, dass er aus Bari stammte, seine Ausbildung in Südtirol absolvierte und nebenbei Deutsch lernte. Am Nachmittag besuchte Matteo einen weiteren Lehrgang, während Natalie sich in der Stadt umsah. Sie wollte keine Abendrobe, fand aber ein Sommerkleid, das ihre schlanke Figur betonte und etwas höhere Schuhe, um ihre eher kleine Körpergröße zu strecken. Dezent geschminkt fühlte sich wohl und hoffte, Matteo nochmal zu sehen.

Erst spät am Abend tauchte er mit ein paar Kollegen an der Bar auf. Natalie beobachtete ihn von der Terrasse aus. »Tu es, bitte«, dachte sie. Seine Haut schimmerte wie Bronze in der Abendsonne. Er trug das Haar kurz, nur ein paar Strähnen fielen ihm in die Stirn, der Dreitagebart abrasiert, schwarze Jeans, Sneaker und ein weißes Hemd – kurz: Er sah umwerfend aus. »Bitte tu es doch endlich!«

Er lachte und wirkte entspannt, trank einen Schluck Rotwein und ... Da! Er tat es! Er sah sich suchend um und Natalie hoffte, dass sie die Person war, nach der er Ausschau hielt. Sie nahm dem Kellner ein Glas Prosecco vom Tablett und betrat die Lounge. An einem Stehtisch gesellte sie sich zu zwei älteren Damen, hielt oberflächliche

Konversation, nippte nervös an ihrem Glas und fühlte sich so schüchtern wie seit der Pubertät nicht mehr. Im Gegensatz zu ihr wirkte Matteo angeregt ins Gespräch vertieft. Enttäuscht – auch von sich selbst, stellte sie ihr Sektglas geräuschvoll auf den Tisch und verließ die Lounge, die Bar ignorierend.

Im Fahrstuhl drückte sie etwas zu kraftvoll auf den Knopf der zweiten Etage und ärgerte sich. Selbstbewusstsein war noch nie ihre Stärke und sie spürte, dass sie Matteos Aufmerksamkeit vermisste.

»Ich dachte schon, du würdest nie gehen!« Matteo schaute außer Atem in die Fahrstuhlkabine und hielt die schließenden Türen zurück, dass sie sich ruckelnd wieder öffneten.

Überrascht hob Natalie ihren Kopf und strahlte ihn an. »Du wolltest, dass ich gehe?«, fragte sie.

»Ich wollte mich noch von dir verabschieden, aber nicht vor meinen Kollegen und den beiden Tratschdamen.«

Die Türen schlossen sich, er stand dicht vor ihr, eine Hand locker an die Aufzugswand gestützt. »Ich würde jeden Lehrgang besuchen, wenn ich wüsste, dass du wieder dazu kämest«. Er sprach leise, fast flüsternd, ernst.

»Ich würde keinen Lehrgang mehr besuchen, wenn ich wüsste, dass du deine Ruhe haben willst«, antwortete sie verschmitzt.

Er hob ihr Kinn und hielt ihrem Blick stand. »Ich will doch gar nicht meine Ruhe«, flüsterte er und küsste sie zärtlich, lang und ließ sie nicht mehr antworten.

Kapitel 13 – Levicosee

»Komm Sammy!«, rief Natalie gedankenverloren und strich sich mit dem Finger abwechselnd über beide Unterlider.

Er beobachtete die Hündin, die im Sand buddelte, drehte sich zu Natalie um, trottete langsam auf sie zu und legte seine nasse sandige Schnauze auf ihr Knie. Zärtlich strich sie über seinen Kopf. Unter dem Fell erschienen diese schokobraunen Augen, in die sie versank. »Mein kleiner Italiener, danke, dass du bei mir bist.«

Nachdem Gina von der besagten Nachbarin abgeholt wurde, und diese sich für den Anruf bedankte, kehrten sie zurück. Über die A14 Richtung Bologna verließen sie die Küste und Natalie versprach ihrem Sammy, dass er heute wieder am Wasser herumtollen dürfe. Wenn auch nur in einem See und ohne das Streunermädchen. Um komplizierte Abschiedsszenarien brauchte sie sich keine Gedanken zu machen, denn kaum war Gina weg, jagte Sammy einer Möwe hinterher.

Wenn das Abschiednehmen bei uns Menschen doch auch so einfach wäre, dachte Natalie.

Als sie Imola passierten, rief sich Natalie die Rennstrecke und das Denkmal Ayrton Sennas ins Gedächtnis, die Matteo damals unbedingt besuchen wollte.

Bei der Weiterfahrt über Bologna brachte sie eine weitere Erinnerung zum Lächeln: Die klischeehaft bestellten Spaghetti Bolognese in einem Altstadtrestaurant. Sie schmeckten nicht außergewöhnlicher als woanders und Matteo und sie schlossen Wetten ab, wer sie daheim besser kochen konnte. Später dachte niemand mehr daran und das Schicksal bot ihnen keine Gelegenheit, das Kochduell anzutreten.

Nach einer Pause und kurzem Auslauf für Sam erstand sie an einem Straßenverkauf eine Flasche des berühmten Essigs von Modena.

Die Route führte weiter auf die A22 vorbei an Verona bis Trient. Dann verließ sie die Autobahn und freute sich auf den Levicosee. Auf den Ort, wo sie Matteo kennen und nach ein paar Startschwierigkeiten lieben lernte.

Den Campingplatz ließ sie links liegen. Sie wusste, wo sie übernachten wollte. Vorausgesetzt Hunde wären erlaubt. Ihr damaliges Zimmer war leider belegt. Außerdem wurden Hundebesitzern separate Bereiche angeboten. Ihr Womo blieb für diese Nacht verwaist.

Nach der langen Fahrt lockte es Sammy in die Natur. Man könnte meinen, er wäre schon mal an diesem See gewesen, denn zielstrebig steuerte er den Rundgang an. Da es nur einen Weg gab, wartete er erst gar nicht auf sein Frauchen, sondern lief in ihrer Sichtweite voraus.

Spaziergänger erwartete Natalie um diese Zeit nicht, und der Holzsteg, den Sammy zielstrebig betrat, war gleichfalls menschenleer. Sie setzte sich zu ihm auf den vertrauten Platz und legte den Arm um ihren Hund.

»Matteo hätte dich gemocht, Sam. Groß, intelligent und lernbereit sollte sein Hund sein. Kein kläffender Wadenbeißer, der sich nur aufbläst und dann den Schwanz einzieht, wenn ihn eine Katze anfaucht. Eher eine treue Seele mit Beschützerinstinkt und einer Spürnase, um in Not geratene Menschen zu suchen und zu retten.« Gedankenpause. »Mich hast du schon gerettet.« Sie wuschelte ihm über das Fell, während er eine Ente anvisierte. »Oh nein, Sam – das ist kein Abendessen, die lassen wir schön in Ruhe, denk nicht mal ...«

Das Wasser spritzte ihr bis zum Hals, als Sammy in den See hechtete und enttäuscht der erschreckt davonfliegenden Ente hinterherschaute. »Sam! Eben hab ich dich in den größten Tönen gelobt und jetzt machst du einen auf Jagdhund? Vergiss es, dein Essen kommt weiterhin aus der Dose.« Sie lief den Steg zurück, trocknete sich behelfsmäßig mit ihrem Halstuch ab und sprang rechtzeitig vor dem Spritzwasser aus Sams Fell auf die Seite, als er sich am Ufer schüttelte. »Du verstehst es wirklich, mich in emotionalsten Momenten zum Lachen zu bringen. Komm, gehen wir zurück, du hast ja offensichtlich Hunger.«

Später trank sie noch einen Prosecco in der Lounge, die Terrasse war leider geschlossen, aber sie lächelte, als sie an dem Fahrstuhl vorbeigingen.

»So Sammy, nun hast du alle Orte kennengelernt, an denen ich mit deinem Landsmann so glücklich war. Jetzt nehme ich dich mit in meine Heimat, wie damals Matteo ...«

Kapitel 14 – Matteo

Zwei Wochen nach Matteos Lehrgang am Levicosee folgte er Natalies Einladung zu ihr nach Hause. Der Aufenthalt in ihrer kleinen Zweizimmerwohnung beschränkte sich anfangs auf vier Quadratmeter. Entweder im Schlafzimmer oder in der Küche, wenn sie zusammen kochten. Außerhalb ihrer Komfortzone besuchten sie die Burg Teck, den Zoo Wilhelma und die Stuttgarter Hundestaffel. Sie liebten es, die Natur zu bewandern, und entdeckten ihre gemeinsame Tierliebe. Alkoholkonsumorientierte künstlich geputschte Partygesellschaften mieden sie beide.

Der Abend, als sie sich am Levicosee kennenlernten, war eine Ausnahme. Für Matteo lief es damals auf dem Seminar nicht so, wie er sich das vorstellte. Er thematisierte das aber nicht näher. Und Natalie fragte nicht weiter.

Vor seiner Abreise zurück nach Südtirol, stellte sie ihn ihrer Schwägerin und Kollegin Sandra vor, auf deren Meinung und Menschenkenntnis sie hohen Wert legte. Sie verfiel ebenso seinem italienischen Charme und drohte Natalie mit ernsthafter Konkurrenz, wenn sie so einem liebevollen, gutaussehenden Mann mit südländischem Esprit den Laufpass gäbe.

»Hey, du wirst meinem Bruder doch nicht untreu, oder?« Natalie erhob spielerisch den drohenden Zeigefinger.

»Ha, selbst wenn – wann denn?« Sandra erledigte zusätzlich zu den Büroarbeiten in der Immobilienfirma noch die Buchhaltung für ihren Mann Martin in der Werkstatt.

Im Herbst gleichen Jahres suchten sie mit ihr über die Immobilienagentur nach kleinen Häusern auf dem Land. Matteo entschied sich für ein renovierungsbedürftiges Bauernhaus am Dorfrand. Zusammen mit Natalies Eltern, Martin und Matteo wurde es in Rekordzeit renoviert und in mediterranem Stil eingerichtet. Seine Eltern verbargen ihre Enttäuschung nicht. Da ihr Sohn aber berufsbedingt in Südtirol in einer Wohngemeinschaft lebte, sahen sie ihn ohnehin nicht mehr oft. Mit Riccardo, seinem Bruder, teilte er nur selten gleiche Ansichten, ihre Charaktere unterschieden sich wie Tag und Nacht. Ricci warf Matteo vor, dem traditionsreichen Familiengeschäft den Rücken zu kehren, und Matteo weigerte sich, sein Leben mit Eisverkäufen zu fristen. Mindestens zweimal im Jahr besuchten Natalie und Matteo seine Familie, bis er auf die Idee mit dem Wohnmobil kam. Selbst auf engstem Raum genossen sie die Zweisamkeit. Und wenn Matteos Temperament zu hohe Wogen schlug, besänftigte Natalie ihn. Nicht etwa mit Geduld. Sie lernte schnell, seinen wechselhaften Launen vom ersten Tag an Paroli zu bieten, und er lenkte entschuldigend ein, sobald sein italienisches Temperament sich wieder auf Normalniveau einpendelte. Nur im Umgang mit Steffi schien er Probleme zu haben. Sie zeigte sich oftmals überheblich und stellte sich gern in den Mittelpunkt. »Das muss berufsbedingt sein, kein leichtes Leben so als Arztfrau«, meinte er scherzhaft.

Durch die Schichtdienste im Rettungsdienst und Natalies Objektbesichtigungen am Wochenende unternahmen sie nur selten etwas mit Freunden. Die machten sich ohnehin rar. Nach dem Ehestreit von Steffi und Ralf am Levicosee – angeblich war das rote Kleid der Grund – investierte Steffi ihre Zeit in den Aufbau einer Kunstgalerie. Und wenn Ralf nicht in der Praxis oder im Notarztwagen saß, besuchte oder hielt er selbst Seminare.

Sandras und Martins Freizeit wurden gleichfalls durch Wochenendarbeiten auf ein Minimum reduziert.

Wenn Natalies Immobilienanfragen kaum gemeinsame Zeit zuließen, düste Matteo mit dem Motorrad durch die Gegend. Sie hasste es. Sie hasst es heute noch. Sie wird es immer hassen.

Nach vier Jahren machte er ihr beim zweiten Besuch an der Amalfiküste einen Heiratsantrag und besiegelte ihre Liebe mit dem Schloss an der Brücke. N & M forever.

Bei der Hochzeitsreise überraschte Matteo seine Natalie. »Wir fahren nicht nach Italien!«, grinste er und sie wirkte enttäuscht. »Dann fahre ich nicht mit«, grinste sie zurück.

Er legte ihr zwei Kreuzfahrttickets auf den Tisch. »Einmal um den Stiefel herum«, triumphierte er, »mit Anlegestelle Bari – meiner Heimatstadt.« So glücklich sah sie seine Familie nach ihrem Besuch nie wieder.

Als Italiener hoffte Matteo auf viele Bambini – »Die dreiundzwanzig schaffen wir nicht mehr – dafür bist du leider zu alt«, foppte er seine Frau.

»Die kannst du auch gar nicht ernähren, wenn sie so verfressen sind wie du!«, antwortete sie mit

Blick auf seinen kleinen Bauchansatz.

Ihre Reiseleidenschaft dehnte sich bis zu ihrem 38. Lebensjahr aus, als sie Torschlusspanik bekam und die Pille absetzte. Es klappte leider nicht. Der nicht enden wollende Immobiliendruck und die Wechselschichten Matteos – so lautete die vermutete Begründung ihres Frauenarztes.

Kapitel 15 – Vor Bozen

»Jetzt gehts nach Hause, mein Schatz«, verkündete Natalie und knuddelte ihren Sammy. Er sprang gleich in seinen Autositz, und wie immer überblickte er die Straße vor ihnen. Natalie hatte den Eindruck, dass er gern im Camper fuhr. Gespannt, was sie beide noch für Abenteuer erleben würden, bog sie auf die Autostrada A14 Richtung Norden.

»Wenn wir durchfahren, sind wir bei guter Verkehrslage in acht Stunden zu Hause«, erklärte sie ihrem tierischen Beifahrer. Mit Matteos Bild im Cockpit und Sammy hatte sie das Gefühl, sich in vertrauter Gesellschaft zu befinden.

»Wir legen genug Pausen ein, haben keinen Zeitdruck und wenn es uns irgendwo gefällt, dann bleiben wir. Was meinst du Kumpel?« Sammy schaute sie an und hechelte, als würde er zustimmen. »Also, auf gehts Richtung Brenner.«

Je mehr sie sich der österreichischen Landesgrenze näherten, desto wolkenverhangener präsentierte sich der Himmel, der bald darauf seine

Schleusen öffnete. Bei dieser Regenflut konnte sie ihre Geschwindigkeit nicht halten. Natalie musste sich darauf konzentrieren, in der Spur zu bleiben. Es prasselte auf die Scheibe, sodass sie nur Schritttempo fuhr.

Vor Bozen klarte der Himmel auf, die Wolken legten sich wie Watte von den Berggipfeln bis ins Tal. Der Hund erwachte von seinem Nickerchen und hechelte seine Fahrerin an.

»Hast du Durst, Sammy? Du hast recht, ich brauche auch eine Pause. Aber nur kurz, nicht dass uns das trübe Wetter wieder einholt.«

Sie parkte ihr Fahrzeug in einer Aussichtsbucht und füllte Wassernapf und Kaffeebecher auf. Plötzlich spürte sie, dass der Boden rutschig war, und stürzte im nächsten Augenblick so unglücklich auf ihr rechtes Knie, dass sie vor Schmerz aufschrie. Erschrocken machte Sammy einen Satz zur Seite, um sich vor dem überschwappenden Kaffee zur retten.

»Verdammt tut das weh!«, klagte Natalie. Mit schmerzverzerrtem Gesicht versuchte sie aufzustehen und erkannte, dass der Boden vor Nässe geflutet war. »Sag mal, hast du deinen Napf umgestoßen oder musstest du mal für kleine Streuner?«, fragte sie Sam mit prüfendem Blick.

Doch in dem Moment fühlte sie einen Tropfen auf ihrer Stirn. Schlagartig fiel ihr das Leck im Dach ein. Sie sah, wie das Wasser die oberen Schränke entlang rann und auf dem Boden eine Lache bildete. Noch im Sitzen suchte sie etwas zum Aufwischen, erreichte ein Geschirrtuch und wischte trocken. Anschließend zog sie sich – vor Schmerz stöhnend – auf die Beine und öffnete vorsichtig die obere Schranktür. Das Wasser schwappte ihr über die Brust und fast wäre sie vor Schreck erneut ausgerutscht. »Komm Sam, mach du erstmal Pippi draußen und ich schau mir den Schaden von außen an.«

Humpelnd erreichte sie die Tür und Sammy sprang auf eine schmale Grasfläche. Sie stützte sich an der Außenwand und der Motorhaube, als sie sich vortastete. Die Folie hatte sich komplett verabschiedet, das Loch klaffte faustgroß und der Riss erreichte fast die Windschutzscheibe. »Ach du Sch...«, fluchte sie, »warum hatte ich das nicht mehr reparieren lassen?« Sofort zückte sie ihr Handy und verfolgte den Wetterbericht für den Verlauf ihrer Route. Dreißig Prozent Regenwahrscheinlichkeit, aber in den Bergen könnte sich das rasch ändern, wusste sie. Die nächste Raststätte war nicht weit. Dort wollte sie sich nochmal mit einer Folie behelfen, bis Martin zu Hause den Schaden fachmännisch beheben konnte. Als sie sich nach ihrem Hund umdrehte, spürte sie die Schwellung am Knie, es pochte und fühlte sich durch ihre Leinenhose überwärmt an.

Sammy stand hinter der Leitplanke und schaute gebannt die Böschung hinunter. Trotz des Fernverkehrs hörte man einen Fluss rauschen. Irgendetwas hinter der Schutzplanke schien Sammy zu faszinieren.

»Bist du fertig? Komm, fahren wir weiter!«, forderte sein Frauchen, die umkehrte und bei jedem Schritt das Gesicht verzog. »Verdammt, ausgerechnet das rechte Knie«, murmelte sie, dachte an Bremsmanöver und ob sie überhaupt die Stufen überwinden konnte.

»Sammy? Kommst du?« Sie wunderte sich, dass er nicht hörte und was ihn wohl in seinen Bann zog. »SAM!«, schrie sie ungeduldig. Er wandte ihr seinen Kopf zu, bellte ein Mal und starrte wieder hinunter.

»Was hast du? Da unten ist ein Bach, der tut nix, und du springst da jetzt nicht rein! Komm bitte.« Natalie zog die Stirn in Falten. Irgendetwas stimmt nicht, dachte sie. Auf »Komm!«, hörte er immer und er hatte sie noch nie angebellt.

»Komm jetzt her, Sam!«, befahl sie laut und verärgert. Doch er starrte die Böschung hinunter und bellte jetzt drei Mal. »Verflixt Sam, ich hab Schmerzen und will nach Hause, steig endlich ein!« Jeder Schritt in seine Richtung schmerzte, dass ihr übel wurde. Ihre Geduld hatte ein Ende. Und als sie die Leitplanke erreichte, bellte er erneut, als wollte er sie auffordern, seine Entdeckung zu bestaunen. Sie beugte sich vor und sah den Fluss tief unterhalb des steil abfallenden felsigen Abhangs.

»Komm da weg, du fällst mir noch da runter!« Sammys Gebell wurde energisch laut und er hüpfte aufgeregt.

Ein dumpfes Stöhnen ließ sie aufhorchen. War das eine menschliche Stimme oder ein Tier? Erneut beugte sie sich über die Metallplanke und erschrak über eine staubige Hand, die sich um einen Felsvorsprung klammerte. »Oh mein Gott, hallo? Brauchen Sie Hilfe?« Ein paar Zentimeter weiter vor und Natalie hätte ihr Gleichgewicht verloren.

»Ja! Hier unten«, krächzte eine erschöpfte männliche Stimme. »Bitte helfen Sie mir! Ich kann mich nicht mehr lange halten!«

Natalie suchte, womit sie ihren Arm verlängern könnte, und humpelte auf eine Birke zu. Den Schmerz im Knie ignorierend riss sie mit voller

Kraft an dem Baum, bis sie mitsamt dem jungen Gehölz nach hinten kippte. Hastig und stöhnend rappelte sie sich auf und hinkte zum Abgrund.

»Hier!« Sie wedelte mit dem blättrigen Ast über der Hand. Mehrmals griff diese ins Leere, bis zerschundene Finger das Holz umklammerten. Natalie zog mit Leibeskräften. Beim vierten erfolglosen Versuch schwanden ihre Kräfte, auch der Besitzer der Hand gab auf. »Es geht nicht, ich ziehe Sie nur mit in die Tiefe!«

»Halten Sie durch! Ich suche was anderes!«, rief sie keuchend und humpelte zum Wohnmobil.

Hektisch holte sie die Kabeltrommel aus der Box, ergriff den Stecker, riss einige Meter von der Trommel und hinkte damit zurück an den Felsvorsprung. »Achtung!«, warnte sie und schwang das Kabel in Lassomanier in Richtung der vermuteten Person.

»Äh, ich bin hier! Zwei Meter weiter rechts!«, machte der Mann auf ihren Fehlversuch aufmerksam.

Sie holte das Kabel ein und versuchte es erneut.

Der nächste Schlenker knallte vermutlich an seinen Kopf, den er mit einem »Autsch!« quittierte.

»Lieber Gott, ich verspreche dir, ich mache einen Kurs im Werfen, aber lass mich diesen

Menschen retten und nicht umbringen!«, betete sie still.

»Sorry!«, rief sie und holte ungeschickt zum nächsten Wurf aus.

»Lassen Sie einfach das Kabel heruntergleiten«, empfahl ihr die Stimme aus der Tiefe.

Es gelang ihm, das Kabel zu fassen und um seine Hand zu wickeln.

»Ich ziehe Sie mit dem Wagen hoch. Können Sie sich mit den Füßen abstützen?«

»Ich versuchs, bitte – beeilen Sie sich!«

Mit zusammengekniffenen Lippen lief sie zum Camper und wickelte rasch das Kabelende einige Male um die Anhängerkupplung. Dann hupte sie als Zeichen, dass sie langsam anfuhr. Das Fahrzeug ruckelte zentimeterweise und Natalie hoffte inständig, dass nichts riss.

Panik erfasste sie, bei dem Gedanken, wenn die Person durch ihre Schuld in die Tiefe stürzen würde.

Sammy beugte sich aufgeregt schwanzwedelnd hinunter, bereit zuzufassen, als könne er den Mann ebenfalls vor dem Absturz bewahren.

»Arrrrhhh«, vernahm sie einen Schrei und beobachtete im Seitenspiegel, wie der Mann langsam hinter der Abgrundkante auftauchte.

Die Hände blutleer von dem einschnürenden Kabel, das Gesicht staubig und hochrot vor Anstrengung. Die Augen und Lippen fest zusammengekniffen. Mit den Füßen versuchte er, sich von der scharfen Felskante abzustoßen, um nicht aufgeschlitzt zu werden. Er war sich bewusst, dass sein Leben in diesen Sekunden von der fremden Frau und dem Kabel abhing. Riss es, hätte er keine Chance mehr, Halt zu finden. Als seine Hände drohten, an der Kante zerquetscht zu werden, schwang er mit letzter Kraft sein Bein auf das Plateau und rollte sich ächzend auf den Grünstreifen, um sich keuchend zu erholen.

Schnell betätigte Natalie mit dem linken Fuß die Bremse und kippte durch den abrupten Stopp auf die Hupe des Lenkrads. Sie kletterte fluchend aus dem Fahrerhaus und sofort erhellte sich ihre Miene.

Das Bild, das die beiden abgaben, erleichterte sie und sie konnte ein prustendes Lachen nicht mehr unterdrücken.

Seine Augen zusammengekniffen, eine Hand vom Kabel abgeschnürt und über ihm stand Sammy wie über einer Beute. Aufgeregt schlug er mit seiner Rute wild in der Luft herum und leckte mit der Zunge über das staubige Gesicht des Hilflosen, wie eine Kuh über ihr frisch geborenes Kälbchen.

»Warten Sie, ich helfe Ihnen«, kicherte Natalie und beugte sich hinunter, um ihn von der Kabelfessel und Sammy zu befreien. »Mach Sitz!«, forderte sie ihren Hund auf und versuchte, vorsichtig das Kabel zu entwirren. Dabei betrachtete sie die offenbar verunglückte Person, die sie soeben aus der Tiefe geangelt hatte.

Sein großer, schlanker Körper steckte in einer staubigen zerkratzten Lederkombi mit nur einem Stiefel am Fuß. Das Gesicht passte nicht zu den grau verstaubten Haaren samt Dreitagebart, denn es wirkte jünger. Die schmalen Lippen waren etwas eingerissen, das hochgerutschte, schmutzige T-Shirt gab ein Tattoo am Bauch frei, die hellbraunen Augen waren von staubig-hellgrauen Wimpern umrahmt.

»Sind Sie verletzt?«, fragte Natalie.

»Ich denke nicht. Sonst wäre ich ja nie die steile Felswand hochgekommen«, antwortete er, während er im Gegenzug das Gesicht seines Schutzengels betrachtete. Ihre großen blauen Augen, die besorgt auf seine zerschürften Hände blickten, die Stirn mit zwei steilen Konzentrationsfalten, ein paar Sommersprossen um die Nase und das dunkelblonde etwas zerzauste Haar, das ihr ins gebräunte Gesicht hing. Trotz November zeugte ihr dunkler Teint von häufigen Aufenthalten im Freien. Sie beugte sich über ihn, biss sich auf die Unterlippe und kräuselte die Stirn, als sie ihr Knie belastete.

Er blickte tiefer und sein ungenierter Blick verharrte an den deutlich sichtbaren Konturen ihrer Brüste »Und Sie? Hab ich Sie aus der Dusche geholt oder bei noch Wichtigerem gestört?«, grinste er frech.

Natalie sah an sich hinunter und starrte auf ihr nasses, fast durchsichtiges T-Shirt. Mit einem Ruck entfernte sie die letzte Schlinge von seiner Hand, dass er kurz aufstöhnte.

»Entschuldigung, aber *ich* liege nicht gefesselt in Lederkleidung auf dem Boden räkelnd und stöhnend, während mir einer mit der Zunge über das Gesicht schleckt«, erwiderte sie erbost über sein dreistes Grinsen.

Er antwortete: »Wenn ich nicht in dieser hilflosen Lage wäre, würde ich sagen, Sie haben eine blühende Fantasie.«

»Sind Sie aber. Komm, Sammy wir fahren.«

Sie fand seinen Sarkasmus in seiner Lage völlig inakzeptabel, stand mit schmerzersticktem Schrei auf, und drehte sich auf dem Absatz um. Etwas zu heftig, ihr Knie schmerzte bei der Drehung und sie stöhnte gequält auf als sie versuchte weiter zu humpeln.

»Warten Sie!«, forderte der Mann mit gesenkter Stimme. »Sie können doch so nicht den Wagen fahren!«

Natalie hinkte kopfschüttelnd weiter und zeigte ihm, ohne sich umzudrehen, den Mittelfinger. Erst an der Tür des Campers drehte sie den Kopf und wartete auf Sammy. Der blieb unbeirrt bei dem Mann, bellte und machte keine Anstalten ihr zu folgen.

»Sam, komm sofort her, du befindest dich in schlechter Gesellschaft!«

Auf die erneute Aufforderung reagierte der Hund mit Dauergebell, ohne sich von der Stelle zu bewegen. Im Gegenteil – er setzte sich.

»Was ist los mit dir, Sam?«, schrie sie ungeduldig. »Schlägst du dort Wurzeln? Steig jetzt ein, ich möchte nach Hause!«

Der Mann rappelte sich auf, klopfte sich den Staub von der Kleidung und streichelte den Hund, der sein Protestgebell sofort einstellte. »Bevor Sie ohne ihn losfahren, haben Sie vielleicht ein Handy, damit ich Hilfe anfordern kann?«

Verständnislos wechselte Natalies Blick zwischen den beiden und lenkte ein.

»Wen soll ich anrufen? Ihren Maso-Sado-Club?«, fragte sie genervt.

»Polizei und Abschleppdienst? Und es heißt übrigens Sado-Maso-Club.« Mit dem Daumen zeigte er über seine Schulter. »Mein Motorrad liegt da unten. Samt Handy, Kohle und Ausweis.«

Sie blickte in Richtung Abhang und stutzte, als ihr klar wurde, was passiert war.

»Sie sind damit abgestürzt?«

»Erfasst. Dachten Sie, ich klettere mit einer Lederkombi in Felswänden rum?«

Natalie humpelte zu ihm zurück und starrte in die tiefe Schlucht, auf deren Grund sich ein Wildbach schlängelte. Chrom glänzte im Wasser und ein Reifen ragte aus dem seichten Ufer. Sie beugte sich zurück. Die Leitplanke endete hier schräg und sie entdeckte Reifenspuren im Gras. Aber irgendetwas stimmte nicht, überlegte sie.

Bekannte, belastende Gedanken drängten sich dazwischen. Sie spürte den Stich in ihrer Brust, als sie sich an Matteos Unfall erinnerte. Wütend funkelte sie den Fremden, der immer noch ihren Sammy kraulte, an: »Anstatt durch die Gegend zu rasen und die Leute zu beleidigen, die Ihnen helfen, sollten Sie vielleicht mal an die denken, die sich ihretwegen Sorgen machen!« Zum Ende des Satzes hob sie die Stimme.

Verdutzt kräuselte er daraufhin die Stirn, öffnete den Mund, schloss ihn wieder und blieb ihr eine Antwort schuldig.

Natalie zog ihr Handy aus der Hosentasche und wählte, wie schon vor kurzem, die 112. Sie schilderte, dass ein Motorradfahrer von der Straße abgekommen und in einen Bach gestürzt war.

»Nein, er scheint nicht verletzt zu sein«, berichtete sie und hielt danach den Finger auf das Mikrofon. »Nur bescheuert.« Worauf der Verunglückte mit den Augen rollte, aber grinste.

Und wieder an ihn gerichtet: »Die wollen ihren Namen und Ihr Kennzeichen.«

»UL für Ulm – SM ...«, begann er und jetzt drehte Natalie die Augen nach oben. »War ja klar. Und Ihr Name?«

»Sascha Meissner.«

Kapitel 16 – Sascha

Nach dem Telefongespräch mit dem Notdienst spürte Natalie aufkommende Übelkeit. Sie lehnte rücklings an der Leitplanke und krümmte sich nach vorne. Das hochgezogene Hosenbein zeigte ein geschwollenes Knie.

»Oje, was ist passiert?«, wollte der Mann namens Sascha wissen.

»Tja, während Sie Ihren rasanten Absturz in den metertiefen Abgrund offenbar unbeschadet überstanden haben, wurde ich durch einen kleinen Ausrutscher im Camper außer Gefecht gesetzt. Verdammt«, stöhnte sie und tastete über die Schwellung.

»Haben Sie Eis zum Kühlen in ihrem Camper?«, fragte Sascha.

»Ich würde ein gefrorenes Steak opfern, wenn es dem Knie helfen würde.« Sie fühlte, wie das Blut aus ihrem Kopf absackte. Mit Gänsehaut versuchte sich ihr Körper vor dem kalten Bergwind zu schützen. Die bleichen Hände an den Oberarmen haltend und zurückhumpelnd, kämpfte sie mit dem

Gleichgewicht, bis Sascha sie forschen Schrittes einholte.

»Wechseln Sie gleich ihr nasses Shirt und hier – ziehen Sie meine Jacke über«, bot Sascha an. In Windeseile zog er seine Lederjacke aus und legte sie über ihre Schultern. Er bot ihr seinen Arm als Stütze und begleitete sie zum Wohnmobil, während der Hund vorauslief.

Natalie fühlte sich schwindlig und ihren Stolz verdrängend, ließ sie sich aus purer Hilflosigkeit unterstützen.

»Hast du es dir jetzt überlegt, Sammy?«, tadelte sie ihren Hund, als sie ihn an der Tür erreichte, und schüttelte den Kopf über sein seltsames Verhalten.

»Tja, er weiß, was richtig ist«, schmunzelte Sascha.

»Mir gehts gar nicht gut«, stöhnte Natalie. Vor den Stufen des Campers wandte sie ihr kreidebleiches Gesicht zu ihrem Begleiter: »Wenn Sie die Situation ausnutzen, in welcher Form auch immer, lernen Sie Sammy mal richtig kennen«, warnte sie.

»Oh, ja sicher, als er mich abschleckte, konnte ich förmlich seine Reißzähne spüren. Und dann mache ich als Massenmörder heute mal eine Pause«, erwiderte er mit Blick auf den freudig wedelnden Sammy, der den beiden den Vortritt überließ.

»Huch.«

Plötzlich verlor sie den Boden unter den Füßen. Sascha hob sie hoch, so dass sie leichter über die Stufen kam. Sie legte sich auf die Polsterbank und schloss erschöpft die Augen. Im Kühlschrank fand Sascha ein in Folie eingeschweißtes Steak, wickelte es in ein Geschirrtuch und kühlte damit ihr Knie.

»Danke«, murmelte sie.

»Gern geschehen. Haben Sie Schmerzmittel, Natalie?«

Überrascht öffnete sie ihre Augen und starrte ihn an: »Woher kennen Sie meinen Namen?«

»So haben Sie sich am Telefon gemeldet. Und wie Sie ja schon wissen – ich bin Sascha, darf ich Du sagen?«

Sie stimmte zu und zeigte auf eine der Schubladen. »Dort sind Schmerzmittel und Gläser im Hängeschrank«, sprach sie müde.

Er befüllte eines mit Wasser, drückte die Tablette aus dem Blister und reichte ihr beides. Danach tauschte er ihre Jacke, die über der Fahrersitzlehne hing, gegen seine Lederjacke, die er ihr sanft von den Schultern streifte. »Hier, du solltest dir etwas Trockenes anziehen.«

Sie starrte auf die Jacke und dann in seine hellbraunen Augen.

»Keine Sorge, ich gehe raus und warte auf das Bergungsteam.«

Natalie schloss die Augen und dämmerte dahin, bis der pochende Schmerz ihres Knies etwas nachließ.

Erst durch den Lärm der Einsatzkräfte erwachte sie aus ihrem Dämmerschlaf und sah sich verwirrt um. Etwas beschämt erkannte sie, dass dieser Sascha sie mit einer Wolldecke zudeckte, sich um sie kümmerte, obwohl er selbst Hilfe benötigte. Etwas Freundlichkeit ihm gegenüber wäre angesichts ihrer eigenen prekären Lage angebracht, beschloss sie. Nach einer Schrecksekunde lugte sie unter die Decke, strich sich über das feuchte T-Shirt, um sich beruhigt auf die Seite zu legen, und in ein haarig umrandetes Augenpaar zu starren.

Sammy saß vor ihr und bewachte sie mit Unschuldsblick. Sie hob sein Kinn, um den Blickkontakt zu halten.

»Und wenn du das nächste Mal nicht auf mich hörst, kommst du doch an die Leine oder ich verpass dir ein Katzenklo«, drohte sie, lächelte aber dabei, bis sich statt ihren Lachfältchen Stirnfalten hervorhoben. »*Du* hast ihn gerettet. Nicht auszudenken, wenn du nicht stur in seiner Nähe geblieben wärst.«

Von außen drang Stimmengemurmel an ihre Ohren und Kettengerassel eines Kranwagens, der vermutlich das Motorrad barg. Sie erhob sich stöhnend. Beim Belasten des Kniegelenks spürte sie einen Stich wie von einem Messer. Mühsam erreichte sie den Kleiderschrank und wechselte ihr T-Shirt. Sie setzte Wasser auf, um frischen Kaffee zuzubereiten, als die Tür leise geöffnet wurde. Sammy sprang auf, Sascha schaute herein und wirkte überrascht, dass Natalie schon wieder auf den Beinen war. Er stellte seine nasse Motorradtasche auf die Stufen.

»Kaffee?«, fragte sie.

»Nein danke. Wie gehts dir und deinem Knie?«

»Schon besser, ich denke, das Steak ist fast durch, so heiß wie es ist. Und bei dir? Ist die Polizei schon weg?«

»Äh, ja, der Kranwagen fischt gerade die Reste meines Motorrads aus dem Bach.«

Natalie nickte. »Und jetzt? Holt dich jemand ab oder suchst du dir eine Unterkunft?«

»Ich weiß nicht. Könntest du mich ein Stück mitnehmen und in der nächsten Stadt absetzen?«

»Mit dem Knie kann ich nicht fahren, jedenfalls nicht bremsen.«

»Hm, deinem Kennzeichen nach willst du Richtung Nürtingen.

Wenn du mich nicht wieder als Raser, Vergewaltiger, Entführer oder sonstigen Kriminellen bezeichnest, könnte *ich* weiterfahren«, schlug Sascha vor.

Ihr gelang ein verzerrtes Lächeln. »Hast du denn deine Papiere wieder?«

»Ja, nur mein Handy ist hinüber, du hast nicht zufällig Reiskörner, um es zu trocknen? Und vielleicht könntest du mir ein paar Socken leihen, mein linker Stiefel ist buchstäblich den Bach runter.«

Natalie ließ ihren Blick an ihm entlang gleiten: Staubige, verstrubbelte Haare, grasfleckenbehaftetes T-Shirt, verschlissene Motorradlederhose, nasse braungefleckte Socken. Sie konnte sich ein Grinsen nicht verkneifen.

»Ach ja«, ergänzte er, »wenn du mich so zurücklässt, grenzt das übrigens an unterlassene Hilfeleistung und falls dir das in den Sinn kam – du darfst mit deinem Camper hier nicht übernachten.

Nur so fürs Protokoll«, grinste er zurück.

Insgeheim hoffte Natalie auf sein Angebot, wollte sie doch so schnell wie möglich nach Hause.

»Deinem Asylantrag ist stattgegeben, aber unter drei Bedingungen: Du hältst dich an die Verkehrsvorschriften, du fährst uns bis Kirchheim und du duschst vorher!«

Sascha kniff die Augen zusammen, verschränkte provokativ die Arme und betrachtete *sie* jetzt von oben nach unten. »Habe ich dich gerade richtig verstanden – ich sorge dafür, dass du dich nicht strafbar machst, biete dir sofortigen kostenlosen Shuttleservice nach Hause und *du* stellst hier Bedingungen?«

Ihr verging das Grinsen. »Ähm ..., okay, vielleicht – nur duschen?«, bat sie kleinlaut.

»Deal!« Sascha hielt ihr die Hand hin und Natalie schlug mit gespielt schuldbewusstem Augenaufschlag ein.

Sammy setzte sich auf und hechelte, als wollte er sagen: »Na endlich   wird aber auch Zeit.«

Kapitel 17 – Weiterfahrt

Als Sascha geduscht aus dem Bad erschien, musste Natalie sich zwingen, ihn nicht länger anzustarren, bevor es peinlich wurde. Statt den staubig-grauen kamen dunkelbraune nass gekämmte Haare zum Vorschein. Seinen durchtrainierten Körper bedeckten – mangels trockener Kleidung – nur ein paar Tattoos auf Schulter, Brust und Oberarmen – und Boxershorts. Sie schätzte ihn jetzt deutlich jünger, aber älter als sie selbst ein. Der ganze Innenraum duftete angenehm nach frischer Seife.

»Ähm – sind die für mich?« Er zeigte auf das Sockenpaar, das Natalie nervös in den Händen knetete.

»Oh Entschuldigung – hier, ich hoffe, sie passen«, besann sie sich und reichte sie ihm.

Sascha drehte und wendete die bunt geringelten Wollsocken und kicherte. »Na dann, danke!«

Natalie prustete los, als er damit angezogen vor ihr stand. Das lustige Bild, das er abgab, würde sie nie vergessen.

»Ich hoffe nur, dass wir nicht von der Polizei angehalten werden, du wirkst zwar jetzt nicht mehr wie ein Krimineller, aber wie ein entlaufener Psychopath.«

Sascha spielte den Beleidigten, presste die Lippen aufeinander, legte den Kopf schief und verschränkte die Arme.

Natalie senkte den Blick und nach einer nachdenklichen Pause entschuldigte sie sich: »Es tut mir leid, dass ich dich beschimpft und als kriminell betitelt habe, und das, nach diesem Unfall, der viel schlimmer hätte enden können. Aber ich hasse Motorräder und von Unfällen hab ich genug.«

Sascha setzte sich zu ihr auf die Sitzbank, achtete dabei auf ihr hochgelegtes Bein und schaute ihr sorgenvoll in die Augen: »Hat *er* etwas damit zu tun?«, fragte er mit gedämpfter Stimme und deutete mit dem Kopf auf Matteos Foto im Cockpit.

Natalie nickte ohne aufzusehen, und drückte mit Daumen und Zeigefinger auf die Nasenwurzel, um den Tränenaufstieg zu unterdrücken. Der seelische Schmerz überdeckte den körperlichen.

»Das tut mir leid. Dein Mann?«

»Ja, er verunglückte vor vier Jahren mit seinem Motorrad.«

»Zu schnell?«

Natalie verneinte stumm, indem sie nur langsam den Kopf zu beiden Seiten drehte. »Aus unbekannter Ursache, sagte man mir. Das macht es so schwer, es zu verstehen. Aber reden wir nicht darüber, es ändert ja nichts.« Sie starrte auf den Boden, um sich zu sammeln. »Oh, ich sehe gerade, du hast ein Loch in deiner Socke.« Schmerzlich um ein Lächeln bemüht, lenkte sie das Gespräch von dem unangenehmen Thema ab.

Sascha wechselte den Blick von ihrem geröteten Gesicht zu seinen Zehen und sprach mit ernster Miene: »Stimmt. Und du hast ein Loch an der Wohnmobilfront, hab ich vorhin gesehen.«

»Ja. Es hat sogar hier reingeregnet und deswegen bin ich auch ausgerutscht.«

»Ich versuche, das abzudichten.« Er stand auf, stopfte seine Lederjacke in das Fach hinter dem Leck und murmelte dabei: »Die hat sowieso ausgedient.« Danach drehte er den Zündschlüssel, um die Reichweite des Diesels zu ermitteln, und wandte sich an Natalie: »Es gibt ein Problem. Wir müssen zur nächsten Tankstelle und keiner von uns beiden kann aussteigen.«

In diesem Moment schreckten alle drei kurz zusammen, als Natalies Handy ertönte. Sascha reichte es ihr.

»Steffi? Hi, ja tut mir leid, hab ich vergessen, bei uns ist alles in Ordnung, wir sind auf dem Rückweg kurz vor Bozen«, hörte Sascha sie beschwichtigend reden und runzelte die Stirn. Natalie – der Lüge ertappt – drehte sich zur Seite und sprach leiser. Sascha entfernte sich diskret und ging barfuß nach draußen. Er begutachtete nochmals das Leck in der GFK-Verschalung.

»Laut Wetterbericht regnet es die nächsten Stunden nicht auf unserer Route«, berichtete Natalie, als Sascha wieder eintrat. Und als er nichts erwiderte, sondern konzentriert das digitale Kontrollpaneel checkte, fuhr sie fort: »Hast du Hunger? Ich hab noch etwas Chili con Carne. Oder aufgetaute Steaks«, lächelte sie und hoffte, seinen Blick auf sich zu lenken.

»Nein danke, iss ruhig, ich würde bald aufbrechen. Muss der Hund nochmal raus?«

»Sammy kratzt an der Tür, wenn er muss, und ich bin nicht hungrig, wir können los. Kommst du klar mit dem Wagen?« Gerade legte sie das gesunde Bein mit auf die Bank und suchte sich eine schmerzarme Liegeposition.

»Tut mir leid, aber du musst angeschnallt auf den Beifahrersitz oder auf der kurzen Bank in Fahrtrichtung sitzen«, forderte er.

»Vorne sitzt Sammy, und mich sieht doch hier hinten keiner«, widersprach sie.

Flink drehte Sascha die gegenüberliegende Bank um 90 Grad und stellte eine Hockerkiste davor. »Setz dich bitte hier rüber, schnall dich an und leg dein Bein hoch.« Sein bestimmender Ton ließ keine Widerrede zu, sie tauschte zügig und augenrollend die Sitzbank.

»Sammy?«, rief er den Hund. Auch er wurde zum sicheren Platzwechsel aufgefordert. Der suchte den Blick und das Okay von Frauchen: »Geh schon!« – und schlich anschließend nach vorne.

Sascha verschaffte sich kurz einen Überblick im Cockpit und schaute ins Handschuhfach.

»Der Ölwechsel wäre auch bald fällig«, kommentierte sie seine gründliche Überprüfung und lehnte ungeduldig den Kopf zurück. Sie bereute ihren Zynismus aber sofort. Sie hätte genug Zeit gehabt, das Dach reparieren zu lassen. Der Regen nahm auf ihre Nachlässigkeit keine Rücksicht und durchtränkte vermutlich bereits die Holzanteile im Wageninneren. Jetzt würde sie sich von ihrem Bruder eine Predigt anhören müssen und es wird trotz Familienbonus sicher nicht billig werden. Geschieht mir recht, ärgerte sie sich.

Die vertane Gelegenheit, in den Bergen noch die spätherbstlichen Tage ausnutzen zu können, buchte sie ebenfalls auf ihr Schludrigkeitskonto.

Jetzt, wo sie herausfand, dass ihr kleiner flauschiger Begleiter Wanderungen in der Natur, abseits von Menschenmengen so liebte wie sie.

Steffi würde da sofort ihr Veto einlegen: »Die Chance, jemanden in der Pampa kennenzulernen ist genauso groß wie auf dem Mond«. Deshalb besuchte sie Cafés, um sich die mitleidigen Blicke der Gäste gefallen zu lassen, um dann noch frustrierter in die einsamen vier Wände zurückzukehren. Manchmal luden Ralf und Steffi sie zum Essen ein. Es fühlte sich an wie ein Pflichttermin. Statt tiefgründiger Gespräche Smalltalkatmosphäre, abgehakt durch einen obligatorischen Schulterklopfer von Ralf: »Kopf hoch, wird schon.«

Steffi bemühte sich wenigstens in der ersten Zeit nach Matteos Unfall um Ablenkung und schleppte am Ende des Trauerjahres sämtliche Singles des Landkreises an, um sie zur Partnerschaft umzustimmen. Ob diese nun wollten oder nicht. Sogar queer lebende Menschen fielen ihren

Bekehrungen zum Opfer. Ohne Erfolg. Warum sie ihr unbedingt einen neuen Partner suchen wollte, wusste sie nicht. Vielleicht, weil sie in ihrer eigenen Ehe mehr allein, als zu zweit war.

Hier saß sie nun, von einem Fremden abhängig, sogar Sammy hatte er schon recht gut im Griff.

Im Rückspiegel für den Innenraum beobachtete sie Saschas Mimik und Gestik beim Fahren. Barfuß in seinen Shorts lenkte er das Fahrzeug souverän gleichmäßig, hielt die Tachoanzeige im Auge, soweit sie das von hinten aus beurteilen konnte, und er beachtete im Außenspiegel den rückwärtigen Verkehr, als würden sie von jemandem verfolgt. Im Grunde wusste sie gar nichts von ihm. War er im Urlaub? Wie hatte er diesen Absturz unverletzt überleben können? Warum war *er* nicht nass, wenn das Motorrad im Bach landete? Hat er keine Angehörigen, die er informieren sollte? Oder verschwieg er sie zur Wahrung seiner Identität? An diesen Gedanken biss sie sich fest. Sie schielte auf die geborgene Motorradtasche, die er beim Bad ablegte und spann den Faden wieder weiter. Gut, er braucht vielleicht nicht die Vollausstattung einer Frau, aber so wenig Gepäck? Er sprach kaum über sich, zugegeben, – auch eine Frauendomäne. Dann schluckte Natalie. Was, wenn er auf der Flucht war? Ein Straftäter! Deswegen verlor er wahrscheinlich die Kontrolle über sein Bike. Wieso wollte er unbedingt hier weg? Im Notfall hätten wir der Polizei doch erklären können, dass eine Weiterfahrt mit Verletzung gefährlich gewesen wäre. Bei dieser grauenhaften Vorstellung schauderte Natalie, wie abhängig ihr Leben von ihm war. Wer weiß, ob ihre erste Auffassung, dass er kriminell sein könnte, nicht doch ein Wink ihres Unterbewusstseins war?

Sie war jetzt hellwach, vergessen oder besser verdrängt war der Schmerz des Knies. Jede seiner Bewegungen wurde gescannt. Sie musste ihm mehr Fragen stellen, ohne den Verdacht zu schüren, dass sie über ihn Bescheid wusste und beschloss, beim Tanken seine Tasche zu inspizieren. Ob er dort seine Beute hortete? Das macht ihn erpressbar, aber da sie in ihrer Beweglichkeit stark eingeschränkt war, konnte sie ihn mit ihrem Verdacht nicht konfrontieren.

Sie erschrak, als sich ihre Blicke im Rückspiegel begegneten. »Ich fahre raus zum Tanken!«

Natalies Herz blieb für Sekunden stehen.

»Alles in Ordnung bei dir da hinten?«, erkundigte er sich.

»Ja, alles gut«, presste sie hervor. Sie hatte Angst.

Inzwischen brach die Dunkelheit herein, die Autobahnraststätte leuchtete wie eine Konzertbühne. Er sprang barfuß in seinen Boxershorts zur Zapfsäule und grinste in die Videokamera. Er trug eine Sonnenbrille! Und erschwerte die Gesichtserkennung. »Gauner!«, flüsterte Natalie.

Hastig öffnete sie ihren Gurt, sodass Sammy aus seinem Netz hechtete und sie schwanzwedelnd beobachtete, wie sie zittrig die feuchte Tasche durchwühlte. Sie fand weder erwartete Geldbündel noch Schmuck oder sonstiges Diebesgut. Nur ein Handtuch, das allerdings sehr schwer war. Sie wickelte es auf und erschrak. Ein harter Gegenstand fiel mit lautem metallenem Geräusch auf den Boden. EINE WAFFE! Schnell hielt sie die Hand vor den Mund, um den Aufschrei zu ersticken, und drehte sich instinktiv zum Fenster. Sascha bezahlte. Oder überfiel den Kassierer oder was auch immer. Enttäuscht schaute Sammy von der Pistole zu ihr. Flink wickelte sie die Waffe in ein Geschirrtuch und humpelte zur Tür. »Komm Sammy, Pippi machen.«

Kapitel 18 – Filmreif

Geduckt huschte Natalie hinter ihren Camper und Sammy hopste hinterher, in freudiger Erwartung auf dieses neue Spiel. Sie ging in die Hocke, umklammerte den Hund und wies ihn an, Platz zu nehmen, was Sammy als Schmusezeit interpretierte und ihr über das Gesicht schleckte. Oder er roch das Adrenalin, das Natalie verströmte, denn sie hatte keine Ahnung, was sie jetzt tun sollte. Aber sie musste den Mann zur Rede stellen. Hier an der Tankstelle, vor laufender Kamera. Sascha schlenderte zurück, klebte das Loch am Dach ab und öffnete die Fahrertür.

Panik machte sich bei Natalie breit, als sie der Gedanke erfasste: Was, wenn er jetzt einfach weiterfuhr? Die Vorstellung, nur mit Hund und Waffe an der Tanke Erklärungsversuche abzugeben, verursachte ihr Übelkeit. Sie hörte die Fahrertür und sich nähernde Schritte.

Sammy bellte um Aufmerksamkeit. »Schsch!«, zischte Natalie und noch in der Hocke starrte sie mit aufgerissenen Augen zu Sascha hoch, der stirnrunzelnd vor ihnen stand.

»Die Toiletten sind dort drüben«, sagte er, als er die beiden so sitzen sah. »Außerdem ist der Tankwart bestimmt nicht begeistert, wenn er sich die Videoaufzeichnung von euch betrachtet.«

»Das ist vielleicht gut so. Und jetzt sag mir endlich, wer du wirklich bist und was du gemacht hast!«, forderte sie in scharfem Ton. Sie war aufgestanden, holte die Waffe hervor und richtete sie mit beiden Händen auf ihn.

Reflexartig trat Sascha einen Schritt zurück und hob die Hände. »Wow wow wow – pass auf, die ist geladen!«, warnte er als er seine Pistole erkannte.

»Na umso besser, schon mal nicht so ein Fake wie du!«, keifte sie mit funkelnden Augen. Sammy wechselte den Blick zwischen den beiden und wusste nicht, ob er freudig wedeln oder bellen soll.

»Also? Wie heißt du wirklich und warum warst du mit so wenig Gepäck unterwegs und mit einer GELADENEN WAFFE?«, schrie sie.

»Okay, bleib ruhig, Natalie. Ich erzähle dir alles, was du wissen willst, aber richte den Lauf nicht auf Personen. Vor allem, wenn du nicht richtig zielen kannst, und so grundlos aufgeregt bist wie jetzt«, redete er in beruhigendem Ton auf sie ein.

Natalie hielt den Lauf schräg nach unten.

»Okay. Ich heiße wirklich Sascha Meissner, war im Kurzurlaub, daher so wenig Gepäck und ich besitze – eigentlich zu meinem eigenen Schutz – eine Waffe mit einem ganz legalen Waffenschein. Ich kann ihn dir zeigen. Noch mehr Fragen? Glaub mir Natalie, es ist alles in Ordnung, außer dass du dich im illegalen Waffenbesitz einer gestohlenen Waffe befindest und sie auf einen unschuldigen Mann in Unterhose richtest, UND WIR DABEI GEFILMT WERDEN!« Den letzten Satz betonte er mit Nachdruck.

Pause. Natalie überlegte, ließ die Waffe sinken und schob eine überflüssige Frage zur Vergewisserung hinterher: »Du bist also kein Verbrecher?«

»Zufällig nicht.«

Er trat bedächtig auf sie zu, nahm ihr vorsichtig die Pistole aus der Hand, entfernte das Magazin und – umarmte Natalie behutsam. Sie zitterte am ganzen Körper, nicht vor Kälte – die Folgen der Anspannung.

»Es tut mir leid. Es tut mir so leid«, wimmerte sie heiser.

»Das hatten wir doch schon. Komm, lass uns fahren, bevor die uns die Polizei auf den Hals hetzen.«

Ein älteres Ehepaar, starr vor Schreck, wagte sich nicht an den beiden vorbei zur Kasse zu gehen.

»Alles in Ordnung«, beschwichtigte Sascha, »wir sind Schauspieler und üben eine Filmszene.«

»Ach so, dann ist ja gut«, antwortete der ältere Mann verunsichert und das Ehepaar huschte an ihnen vorbei.

»Lass uns verschwinden«, drängte Sascha und ließ seinen Arm auf Natalies Schulter. Sammy hob kurz sein Beinchen an einem Strauch und tapste hinterher.

Sascha fuhr noch aufmerksamer und wechselte unauffällig den Blick zwischen Frontscheibe, Außen- und Innenspiegel. Natalie schnäuzte, hielt ihren Arm auf der Lehne aufgestützt und die Hand vor dem Mund – scheinbar aus dem Fenster in die Dunkelheit blickend. Ab und zu seufzte sie – aus Scham, aus Gram, aus Schuldgefühlen – über die ganze Situation.

»Natalie, wenn ich jetzt durchfahre, brauchen wir fünf Stunden. Was hältst du von einer Übernachtung auf einem gut bewachten Campingplatz? Ich kenne einen auf unserer Route, lass uns ausruhen, reden, essen – was du willst, und morgen fahre ich dich heim. Bist du auch müde?«

Er sah sie im Spiegel sich schemenhaft vorbeugen. »Nein. Ich möchte bitte nach Hause.«

Im Grenzgebiet zwischen Südtirol und Österreich wies ihnen eine rot leuchtende Kelle sich rechts auf den Seitenstreifen zu begeben. Einer der beiden uniformierten Staatsdiener trat auf die Fahrertür zu, während Sascha die Scheibe absenkte.

Natalie schlug die Hände vor ihr Gesicht. »Oh Gott!«, flüsterte sie ängstlich.

Sascha schnallte sich ab, beugte sich zu ihr, hielt sie sanft an der Schulter. »Das ist nur der Zoll, keine Sorge, lass mich reden, ich regle das, okay?« Natalie zog sich die Decke bis zum Hals und stellte sich schlafend. In der Hoffnung, dass niemand ihr Herz durch die Wolldecke pochen sah.

»Guten Abend, haben Sie etwas zu verzollen?«, fragte der Beamte mit tiefer, Respekt einflößender Stimme und einem ausgeprägten Dialekt, dass Sammy aufhorchte und bellte. Sascha ließ ihn in Natalies Obhut, da er sonst kein Wort verstand.

»Zwei Personen, ein Hund, keine zu versteuernde Ware«, antwortete Sascha.

»Dann hätte ich gerne die Papiere; ist das Ihr Hund?«

»Der meiner Begleiterin«, gab Sascha zurück und öffnete das Handschuhfach, um sämtliche Dokumente zu durchforsten.

»Die Impfbescheinigung des Hundes, bitte.« Die Aufforderung klang ungeduldig.

»Natalie, wo hast du Sammys Papiere?«, wandte sich Sascha nach hinten.

Nervös kramte sie in ihrer Handtasche, danach in ihrer Jackentasche, im Ablagefach und sie spähte sogar in den Kleiderschrank.

»Ich hab sie ganz sicher, aber ich kann sie nicht finden«, flüsterte sie verzweifelt. Sammy legte seinen Kopf auf ihren Schoß. »Keine Sorge, ich lasse dich nicht zurück, niemals, hörst du?«

Sascha zückte seinen Geldbeutel und reichte dem Beamten etwas, woraufhin dieser ihn weiterwinkte.

»Sammy!«, rief Sascha, als er das Wohnmobil ins Rollen brachte. Diesmal blieb der Hund jedoch bei seinem Frauchen.

Natalie beobachtete die Szene, so gut sie das von ihrem Platz aus sehen konnte und beherrschte sich, bis sie großen Abstand zu den Zollbeamten hatten. Danach preschte sie vor, setzte sich, so gut es Sammys Hundenetz zuließ auf den Beifahrersitz, und herrschte Sascha erneut an:

»Was war das vorhin? Hast du ihn bestochen?« Aufgebracht redete sie sich in Rage. »Was hast du ihm gegeben oder gezeigt, hast du ihn etwa mit der Pistole bedroht?«, rief sie mit vor Wut und Misstrauen gerötetem Gesicht.

»Wer bist du und was machst du, sags mir endlich!«

Plötzlich bremste er abrupt ab, Natalie musste sich am Armaturenbrett abstützen. Er fuhr rechts ran, aktivierte die Warnblinkleuchte, wandte sich zu ihr und keifte genervt zurück:

»ICH BIN POLIZEIBEAMTER!«

Natalie starrte ihn ungläubig an. Ihre sich überschlagenden Gedanken nahmen sie so in Beschlag, dass deren Ordnung keine körperliche Bewegung mehr zuließ. Die Waffe ..., sein Verhalten ..., sein Reglementieren. »Oh«, kam vorerst nur aus ihrem offenen Mund. Nach einer Weile sammelte sie sich. »Und warum hast du das nicht gleich gesagt?«

»Damit gehe ich nicht hausieren und außerdem ermittle ich verdeckt.«

»Und warum hat dich der Zollbeamte durchgewunken?«

»Ich hab ihm nur meine Marke gezeigt.« Er klappte seinen Geldbeutel auf und hielt sie ihr unter die Nase.

»Oh«, wiederholte sie.

»Können wir jetzt weiterfahren oder diskutieren wir noch weiter über meinen Lebenslauf?«

Sie nickte und lehnte sich zurück.

»Sascha?«, vernahm er ihre klägliche Stimme kurz, nachdem sie Fahrt aufnahmen.

»Ja?«

»Könnten wir doch unterbrechen und morgen weiterfahren?«

»Klar.« Er sah auf das Navi. »Ich biege in fünf Kilometer ab.«

Kapitel 19 – Am See

»Schade, dass es schon dunkel ist, der kleine See hier schimmert türkis, dort hinten erkennt man die helle Felsenlandschaft«, erzählte er, als sie ausstiegen und am Ufer standen.

»Du warst hier schon mal?«

»Vor zwei Tagen erst, ich fahre jedes Jahr her, aber psst« – er legte den Finger auf seine Lippen.

»Eine Ermittlung?«

»Nein – ein Geheimtipp«, grinste er.

»Passt zu dir.« Sie rang sich ein Lächeln ab, sagte aber nicht mehr dazu. Sein Magen grummelte.

»Magst du jetzt Chili con Carne?«

»Gern. Soll ich dir helfen? Sonst laufe ich ein paar Schritte mit Sammy.«

»Ich komme klar, bis gleich, bin gespannt, ob er mit dir mitgeht.«

»Im Gegensatz zu dir weiß er, wer es gut meint«, lachte er.

Bevor er seine Laufrunde drehte, zog er sich seine Jeans und Turnschuhe an, die im Bad trockneten und bei jedem Schritt quietschten.

Natalie sah den beiden nach. Sammy entfernte sich nur zögerlich von ihr, drehte alle paar Meter den Kopf in ihre Richtung. »Ist okay, geh schon!«, rief sie ihm nach. Sascha versuchte, ihn mit Stöckchenwerfen abzulenken, aber der Hund wechselte wie immer einen irritierten Blick zwischen ihm und Stock.

»Das kannst du vergessen«, kicherte Natalie. »Das hab ich wohl vermurkst nachdem er ein paar Leckerlis an den Kopf gekriegt hat. Und jetzt denkt er, du kannst auch nicht werfen«.

Dann verhallte Saschas Lachen und Sammys Bellen, das mit ihnen vom angrenzenden Wald des Campingplatzes verschluckt wurde.

Mit der Flasche Rotwein, die sie sich in Florenz gönnte, ließ sie die letzten Stunden Revue passieren. So ganz traute sie ihm noch nicht, aber morgen sollten sie zu Hause sein und darauf freute sie sich. Schnell tippte sie ihre täglichen Alles-in-Ordnung-Nachrichten für die Lieben daheim, damit sich niemand Sorgen machte. Ihren dubiosen Chauffeur erwähnte sie nicht. Ob er nicht auch jemand informieren möchte? Sie dachte an sein Handy, das sie in Reis legten – ein Versuch, ob es nach dem Trocknen wieder funktionierte, scheiterte.

Sie wickelte sich in ihre Wolldecke, während sie im Campingstuhl unter der Markise auf die beiden wartete. Hier in den Alpen kühlte die Luft rasch ab, die wenigen Camper saßen ebenso draußen oder im Vorzelt. Echte Naturburschen halt, dachte sie.

Sammy hörte sie am Hecheln, bevor sie ihn entdeckte. Sein nasses Fell an den Pfoten zeugte von seiner Leidenschaft für Wasserspiele und als Sascha mit feuchten Haaren auftauchte, traute sie ihren Augen kaum. »Wart ihr etwa im Wasser?«

»Viel zu kalt«, keuchte Sascha, ebenfalls außer Atem. »Er ging nicht weit rein und ich schwitze vom Laufen.«

»Das ist nicht gut für Sam.« Sie holte seine Näpfe mit Wasser und Futter und steckte ihm die Tablette zusammen mit einem Leckerli in sein Maul.

»Nimmt der etwa Doping?«, wunderte sich Sascha.

»Sammy ist krank«, erklärte sie mit trauriger Miene.

»Und dann schleppst du ihn mit nach Italien?«

»Ich hab ihn ja von dort geholt.«

»Einen kranken Hund?«

»Ja. Ich hab mich schon in Deutschland in ihn verliebt. Als ich im Shelter erfuhr, dass er krank ist, bin ich erstmal auf und davon, ich wollte nicht nochmal jemand verlieren.«

»Aber du bist umgekehrt.«

»Er sollte es für die restlichen Monate seines Lebens gut haben und nicht im Tierheim verbringen.«

»Das wusste ich nicht«, erwiderte Sascha und betrachtete den Mischling, wie er genüsslich seinen Napf leerte. »Er sieht gar nicht krank aus.«

»Es ist eine schleichende Krankheit, meinte der Tierarzt. Oh, das Essen ist fertig«, erinnerte sie sich und stand vorsichtig auf.

Er hielt sie an ihrem Arm zurück. »Danke, dass du auch *mich* gerettet hast«, sagte Sascha mit ernster Miene.

Natalie hielt kurz inne. »Na bevor du mich wegen unterlassener Hilfeleistung verklagt hättest«, lächelte sie.

Zum Essen bot sie ihm ein Glas Wein an, das er dankend ablehnte. »Ich trinke nur Wasser, möchte stets klaren Kopf behalten«, war sein Motto.

Sie saßen im Innenraum, nachdem es unangenehm windete, und Sascha erledigte den Abwasch, da Natalies Knie wieder pochend heiß wurde. Sie legte es hoch und kühlte es mit einem nassen Tuch. »Möchtest du jemanden zu Hause anrufen? Du kannst gerne mein Handy benutzen, solange deins ein Reisbad nimmt«, fragte sie und griff zum Geschirrtuch.

»Nein.« Sorgfältig stapelte Sascha die von ihr abgetrockneten Teller ins Geschirrfach. »Da gibt es niemanden.« Erneute Pause. »Jedenfalls niemand, den es interessieren würde.«

Natalie runzelte die Stirn. »Jeder hat jemanden. Eltern? Geschwister? Freunde? Irgendeiner, der froh ist, wenn er weiß, dass es dir gut geht«, behauptete sie. Die feminine Wortwahl vermied sie aus Diskretion.

»Ich würde mir Sorgen machen, wenn es da jemanden gäbe.«

»Warum?«

»Dadurch bin ich unabhängig und nicht erpressbar – ist aus beruflichen Gründen zweckmäßig.«

Natalie kraulte Sammy, der neben ihr auf seiner Decke sich die Pfoten leckte. »Darf ich nach deiner Familie fragen?«
Sascha wischte die Spüle trocken und hängte das Geschirrtuch ordentlich über einen Griff, bevor er antwortete.

»Meine Mutter starb, als ich klein war, mein Vater zog mit seiner neuen Frau nach Norddeutschland. Meine Ex-Frau hat sich einen reichen Schnösel geschnappt und das war's. Keine Geschwister, keine Kinder.«

Natalie starrte ihn ungläubig an.

»Es gibt zwei Kollegen, mit denen ich mich beim Sport treffe, aber nur unregelmäßig«, ergänzte er.

»Das tut mir leid.«

»Muss es nicht. Was ist mit dir? Wie ist deine Geschichte?«

»Seit dem Unfall von Matteo«, ihr Blick schweifte zu seinem Foto, »kümmern sich meine Eltern und mein Bruder verstärkt um mich. Seine Frau Sandra, meine Arbeitskollegin, hat wie eine Vertraute immer ein offenes Ohr. Ein befreundetes Ehepaar, Steffi und Ralf, die Matteo auch kannte, laden mich ab und zu zum Essen ein, damit ich mal rauskomme, wie sie es nennen.

Und – auch wenn ich ihn erst seit ein paar Tagen kenne – hab ich meinen Sammy.« Zärtlich streichelte sie ihm über den Rücken.

»Was arbeitest du?«, erkundigte sich Sascha nach einer Gedankenpause.

»Assistenz bei einer Immobilienfirma. Gelernt hab ich bei einer Bank.«

»Ach daher dein Misstrauen – Betrugsobjekte beziehungsweise Bankräuber.«

»Stimmt. Im Gegensatz zu dir, du jagst ihnen ja hinterher.« Beide schmunzelten.

Sascha sah ihr in die Augen. »Darf ich dich nochmal etwas fragen? Du musst nicht antworten.«

»Nur zu, solange es kein Verhör ist.«

»Nein. Dein Mann, Matteo, warum konnte die Unfallursache nicht bekannt gegeben werden?«

Natalie senkte den Blick, zupfte nervös an einem Nagelhäutchen und atmete hörbar aus, bevor sie sich einen Ruck gab, zu antworten. »Er fuhr morgens zur Wache – er war Rettungsassistent. Außer im Winter oder bei heftigem Regen nahm er immer sein Bike. Scheiß Ding. Entschuldigung.«

»Ist schon okay.«

»In einer Kurve, die er schon tausend Mal fuhr, rutschte das Hinterrad weg. Angeblich aufgrund einer Ölspur. Er prallte an die Leitplanke, verletzte sich nur leicht. Er selbst setzte noch den Notruf ab, der Notarzt war sofort da, aber er konnte ihn nicht ...« Natalie hielt sich die Hand vor den Mund und schüttelte den Kopf, als wollte sie die Worte, die nicht nur sein Leben zerstörten, sondern auch ihres, nicht aussprechen.

Sascha legte seine Hand auf ihren linken Unterarm und Sammy suchte ihren Rucksack.

»Schon gut, mein Kleiner«, flüsterte Natalie. »Ich brauche die Krake nicht.«

Sammy legte sie ihr trotzdem auf den Schoß und sie streichelte ihm zärtlich die buschigen Augenbrauen aus seinem Gesicht. »Danke.«

»Bringt er dir oft dieses Stofftier?«

»Eigentlich hab ich es für *ihn* gekauft. Während unserer Kennenlernphase bei ihm im Gehege.«

»Und er hat schnell verstanden wozu«, fügte Sascha hinzu.

»Ja!«, lächelte sie. »Er ist ein kluger Hund.«

»Wie ging es weiter nach Matteos Unfall?«

Natalie zuckte die Schultern. »Es hieß, er hätte innere Blutungen gehabt, die sie nicht stillen konnten. Er starb noch auf dem Weg ins Krankenhaus.«

»Wenn du mir dein Einverständnis gibst, könnte ich der Sache nochmal nachgehen.«

Sie hob abwehrend die Hände und schüttelte den Kopf. »Es ist jetzt vier Jahre her, nichts macht ihn lebendig und die ganze Sache wiederaufrollen ... nein, nicht noch einmal.«

»Ich hätte nur gerne Akteneinsicht gehabt, ob Fehler begangen wurden, Schuldige müssen in die Verantwortung genommen werden.«

»Sascha, diese Reise unternahm ich, um endgültig einen Schlussstrich zu ziehen. Was glaubst du, wie oft ich mir die Frage nach dem Warum stellte? Tausende Male schmückte ich das Kreuz an der Unfallstelle mit Blumen und versuchte zu rekonstruieren. Auch das Motorrad wurde inspiziert. Ich möchte nach vorne schauen mit Sammy, meinem und seinem Leben eine positive Wende geben. Alle Orte in Italien, die wir zum Teil gemeinsam besuchten, weckten so schöne Erinnerungen. Und die möchte ich behalten, nicht den Unfall.«

»Das verstehe ich. Sollte der Unfallhergang nichts Neues ergeben, informiere und belaste ich dich auch nicht. Versprochen.«

Kapitel 20 – Glurns / Südtirol

Natalie überließ Sascha ihr Bett, sie bevorzugte weiterhin die Sitzbank neben ihrem Hund und schlief aufgrund der aufgerissenen gedanklichen Wunden spät ein. Inzwischen wuchs ihr Vertrauen in den fremden Mann, der in ihrem Bett lag. Nicht nur durch seinen Sicherheit vermittelnden Beruf, auch menschlich wirkte er mitfühlend und verständnisvoll. Sie plauderten noch bis weit nach Mitternacht.

Am Morgen, zu Sammys gewohnter Zeit, kratzte er an der Tür und forderte seine Gassirunde ein. Sascha sprang gerne wieder als Begleitung ein und versprach, seine Laufrunde etwas gemächlicher durchzuziehen.

»Möchtest du nicht mitkommen? Einmal um den See, es ist ein einfacher Waldweg. Und auf dem Rückweg holen wir uns Wecken hier vom Campingkiosk. Meinst du, dein Knie schafft das schon?«

»Wenn nicht, dreh ich halt um«, ließ sie sich begeistern und schlüpfte in die Jacke ihres Jogginganzugs.

Er bot ihr erneut seinen Arm als Stütze, die sie bei Steigungen und einem kleinen Abhang in Anspruch nahm.

»Möchtest du mir von deiner Frau erzählen?«, fragte sie, als sie gemächlich am Ufer entlang spazierten.

Er ließ einen Kieselstein über den See hüpfen, als wollte er eine Last von sich schleudern, bevor er antwortete. »Acht Jahre hielt sie es bei mir aus. Sie kam aus reichem Hause und war es gewohnt, sich mit einem gewissen Luxus zu umgeben. Wir wohnten im Haus ihres Vaters, das er für sein einziges Töchterchen bauen ließ. Sie war attraktiv, hatte ein Faible für Mode – jede Garnitur mit passenden Schuhen, Tasche und Schmuck. ›Frau Kommissar‹ – wie sie sich gern nennen ließ – genoss die elitäre Gesellschaft. Sie studierte Architektur, arbeitete bis zu unserer Hochzeit im Büro ihres Vaters und wollte sich danach nur um mich und die Kinder kümmern.«

Natalie unterbrach ihn stutzend: »Du sagtest, du hättest keine Kinder.«

»Da lag wohl das Problem – wir bekamen keine. Und als ich beim BKA als verdeckter Ermittler arbeitete, und unser beider Identität geschützt und damit uninteressant wurde, wandte sie sich jemand anderem zu. Der sie erstens, finanziell mehr beglückte und zweitens, ihr ein Kind zeugen wollte.«

»Es ist besser, für das, was man ist, gehasst zu werden, als für das, was man nicht ist, geliebt zu werden.«

»Da ist was Wahres dran.«

»Wie geht es dir jetzt?«

»Man erkennt nach und nach die Vorteile. Meine Wohnung ist so spartanisch eingerichtet, dass ich gar nichts aufräumen brauche. Mein Konto erholt sich langsam wieder und irgendwie fiel ein Druck von mir ab, den ich gar nicht nötig hatte.«

»Und dann hast du dir gleich ein Motorrad zugelegt.« Das sollte nicht vorwurfsvoll klingen.

»Ja«, erwiderte er bestimmend. »Die Freiheit genießen.«

»Du wirkst sehr selbstbewusst und soweit ich das beurteilen kann, kommst du gut klar.«, stellte sie fest, doch die erwartete Antwort blieb er ihr schuldig.

»So, See umrundet, wie gehts deinem Knie?«

Natalie trat bewusst auf. »Beim Laufen gehts, nur Drehbewegungen schmerzen.«

»Ich würde es mal anschauen lassen. Sollen wir noch Semmeln holen oder bald losfahren?«

»Ich muss frühstücken, Sammy auch. Oder hast du es eilig?«

»Wieder ein Vorteil: Ich kann tun und lassen, was ich will. Also frühstücken wir. Ich hol uns was vom Bäcker. Besondere Wünsche?«

»Nur Brot oder einen Wecken – *ich* bin genügsam«, lachte sie.

Trotz strahlenden Sonnenscheins aßen sie im Camper. Den Kaffee nahmen sie mit nach draußen und lehnten sich an das Geländer einer alten Holzbrücke. Sammy legte sich zu ihren Füßen und beobachtete die Fische durch die Ritzen der Planken.

»Wie lange hast du noch Urlaub?«, erkundigte sich Sascha.

»Eine Woche. Und in der muss sich Sammy bei mir und im Büro eingewöhnen und sich dort benehmen.«

»Du kannst ihn dorthin mitnehmen?«

»Sonst hätte ich mir kein Tier geholt. Er darf halt nicht stören, aber wie es scheint, fühlt er sich schon bei uns beiden wohl«, lachte sie und kraulte Sammy hinter seinem Ohr. »Er war anfangs so verängstigt, dass er bei Annäherung sofort in seiner Hundehütte verschwand.«

Sascha sah sie an. »Wie ich schon sagte, er weiß, wer ihm guttut.«

»Das weiß er wirklich. Er knurrte den Tierarzt an und einen Strandverkäufer, der uns am selben Abend noch überfiel.«

»Ein Überfall?«

»Ja, neben mir campten zwei Österreicherinnen, die ich kennenlernte. Tagsüber verkaufte der Typ Strandartikel und abends brach er bei ihnen ein. Er war auch an meiner Tür, aber Sammys Gebell hat ihn verscheucht.«

»Der Typ hat euch vorher ausspioniert. Ich spendiere dir eine Alarmanlage.«

»Ich glaube, das Wohnmobil hat eine, außerdem hab ich doch Sammy.«

Sascha überlegte. »Aber ich bin dir etwas schuldig, ohne dich ...«

»War auch Sammy«, fiel sie ihm ins Wort und ergänzte: »wir sind quitt – ohne dich säße ich jetzt im italienischen Knast wegen Parken auf einem Parkplatz.« Übertrieben rollte sie die Augen nach oben.

»Übernachten ist verbo ...«

»Ja ja ja, Klugscheißer, das war ein Notfall.«

»   ...   und   das   war   gerade   eine
Beamtenbeleidigung.«

»Ich hab dich nicht beleidigt – ich hab dich
beschrieben. Und du bist nicht im Dienst oder etwa
doch?«

»Okay, jetzt reichts, ich muss dich jetzt leider
festnehmen.« Er stellte seine Tasse ab, trat auf sie
zu, ergriff spielerisch ihre Arme, hielt sie hinter
ihrem Rücken, zog sie sanft an sich heran und
schaute ihr in die Augen. Jedoch ging er nicht
weiter, sondern wartete ihre Reaktion ab.

»Ich will einen Anwalt«, lächelte sie.

»Der nützt dir jetzt auch nichts mehr«, flüsterte
er und küsste sie.

Natalie, überrascht, wie gut es sich anfühlt, ließ
es zu, erwiderte, wollte mehr.

Als sie sich voneinander lösten, trottete Sammy
zum Wohnmobil.

»Oh je der Arme, ich glaube, er fühlt sich
ausgeschlossen«, meinte Natalie, noch ganz
benommen.

»Er ist nur diskret. Siehst du, er benimmt sich
und ich bin sicher, er braucht keine ganze Woche
Benimmregeln.« Er nahm ihr Gesicht in seine

Hände. »Du, ich würde mich freuen, wenn du dieses Wochenende mit mir verbringst.«

»Na ja, ich bin ja deine Gefangene, bleibt mir wohl nichts anderes übrig.«

»Nicht Gefangene – nennen wir es – in Untersuchungshaft«, lächelte er und ließ ihr keine Gelegenheit zur Widerrede.

Obwohl Natalie wieder fahrtüchtig war, überließ sie Sascha das Steuer. Sammys Hundeplatz wurde zur hinteren Sitzbank verlagert, was er mit einem ›Echt-jetzt?-Blick‹ quittierte. Aber der angebotene Hundeknochen entschädigte ihn für seinen Platzwechsel.

Sascha diktierte und Natalie tippte den Zielort ins Navi. »Glurns?«, fragte sie.

»Ja, das liegt vor dem Reschensee.«

»Ist das nicht der See in Südtirol, aus dem der Kirchturm herausragt?«

»Genau, dann fahren wir jetzt über Meran und danach über den Reschenpass zurück, ist auch die schönere Strecke.«

Natalie lehnte sich zurück, genoss die Aussicht auf die bunte Spätherbststimmung der Berge und dachte an den Kuss. Hätte er lange gefackelt, sie hätte es nie zugelassen. Sie war noch nicht so weit. So wurde sie überrumpelt und war überrascht, wie gut es sich anfühlte.

Glurns – die kleinste Stadt Südtirols mit ihrem mittelalterlichen Flair, verzauberte nicht nur zahlreiche Besucher, sondern auch Natalie. Sammy lief rechts, die Leine hing wieder an ihrer Hand, als wäre er angeleint. Die linke Hand hielt Sascha.

Er deckte sich kurzerhand in einer Boutique mit neuen Klamotten ein und erntete prompt den Kommentar Natalies: »Kaum bist du mit mir unterwegs, schrumpft dein Kontostand wieder.«

»Das ist ein Notfall«, zahlte er mit gleicher Münze wie sie am Morgen zurück und grinste schelmisch.

Sie stärkten sich in einer Pizzeria in rustikalem Gewölbeambiente und erstmalig bestellte er eine Flasche Wein.

Natalies fragenden Blick beantwortete er prompt: »Mein Handy funktioniert nicht, somit bin ich nicht erreichbar und ich muss heute nicht mehr fahren. Dürfte ich dein Handy kurz benutzen?« Sie überreichte es ihm kommentarlos.

»Meissner, buona sera ...« Natalie starrte ihn an, als er, soweit sie das beurteilen konnte, perfekt italienisch sprach. Zwischendurch fragte er, ob sie einverstanden wäre, im Hotel zu übernachten und nachdem sie fragend ihre Hände hob, ein Zimmer buchte. Beim anschließenden »Hunde sind auch erlaubt, Schatz«, schloss sie ihren offenstehenden Mund erst gar nicht mehr.

»Alles in Ordnung?«, vergewisserte er sich und unterbrach sein Grinsen durch einen Schluck aus dem Weinglas, während er ihr mit der anderen das Handy zurückgab.

»Alles bestens – *Schatz*.«

»Dann ist ja gut, das Hotel wirst du lieben.«

Natalie fing sich wieder und versuchte, mit Sarkasmus sein Grinsen zu vertreiben: »Du steigst da wohl öfter ab. Und du hast bestimmt ein Doppelzimmer reserviert!«

Das saß und jetzt ließ Saschas Blick Fragezeichen aufblitzen. »Äh ja. Ist dir das nicht recht? Ich bin auch anständig, versprochen.«

»Du hättest mich zumindest fragen können«, spielte Natalie die Entrüstete.

»Hab ich doch. Und du könntest mir mal langsam vertrauen. Und ja, ich steige da öfter ab, weil das hier meine Heimat ist. Ich bin nämlich Halbitaliener.«

Kapitel 21 – Herkunft

»Ernsthaft? Und die andere Hälfte? Wie viele Überraschungen hältst du noch für mich parat?«, fragte Natalie, als sie zu dritt durch den Ort zum Gasthof spazierten.

»Na dann musst du mich halt kennenlernen. Mein Vater ist Deutscher, meine ›Mamma‹ war Italienerin, sie stammte aus diesem Ort und hier haben sich die beiden kennengelernt.«

»Wie romantisch.«

»Finde ich auch«, zwinkerte er.

»Und du hast hier auch keine Verwandten mehr?«

»Leider nicht. Aber ich fahre mindestens ein Mal im Jahr hierher.«

Sie schlenderten durch die malerischen Gassen, vorbei an Häusern aus dem 16. Jahrhundert, der Ringmauer mit den drei Stadt- und den Wehrtürmen.

»Schade, für ein Eis ist es zu kalt, aber holen wir doch unsere Sachen aus dem Camper und trinken im Hotel noch etwas, was meinst du?«

»Gern. Mal sehen, ob Sammy begeistert ist, bisher ging er früh schlafen.« Sie sah hinunter und ihr fiel auf, dass er etwas zurückfiel. Sie bückte sich und streichelte ihn. »Alles okay mit dir, mein Süßer?«

»Er ist sicher müde von unserem ausgedehnten Spaziergang, lass uns zurückkehren«, meinte Sascha.

Hotelier und Kellner begrüßten Sascha bei der Ankunft erfreut mit vertrauten Handschlägen. Er stellte ihnen seine Freundin vor. Natalie fühlte sich ebenso herzlich empfangen. Sammy hielt sein Näschen in die Luft, schnupperte und legte sich anschließend unter den Tisch. »Na, alles in Ordnung, Sam? Ruh dich aus, ich besorge dir etwas Wasser.«

Natalie ärgerte sich, nie Italienisch gelernt zu haben und beobachte Sascha, wie er sich mit dem Personal unterhielt. Seine hellbraunen Augen, umrandet von kleinen Lachfältchen, strahlten mit seinen gepflegt weißen Zähnen um die Wette. Im Licht der Tischlampe blitzten ein paar graue Härchen in seinem Dreitagebart auf. Genauso auch im dunklen Kopfhaar. Für sein Alter – sie schätzte ihn auf Mitte 40 – ein attraktiver Mann mit frechem Charme.

Der Kellner reichte ihnen eine edle Flasche auf Kosten des Hauses, dazu ein paar Oliven und dem Hund ein Schälchen Wasser.

»Meinst du, Sammy fährt mit uns in einer Berggondel oder wandern wir ein Stück am Reschensee entlang?«, schlug Sascha nach dem Abendessen vor.

»Er schien mir heute müde vom Laufen und mein Knie möchte ich auch noch schonen.«

Er nahm ihre Hand und küsste sie. »Okay, es ist frisch da oben, es könnte sogar schneien, bleiben wir im Tal. Darf ich dir nachschenken?«, fragte er und hielt die Weinflasche über ihr Glas.

»Nein, danke. Mehr als zwei Gläser trinke ich nicht, auch wenn ich erreichbar bin und nicht fahren muss«, kicherte sie. »Außerdem bin ich müde, Sam auch.«

Sascha ging mit dem Hund nochmal kurz Gassi und gab Natalie den Zimmerschlüssel.

Sie war im Bad, als die beiden ins Zimmer traten, und Sammy schnupperte in allen Ecken, bevor er sich auf seine vorbereitete Decke neben dem Bett legte und mit der Krake spielte.

Nach dem Duschen bemerkte sie beim Blick in den Spiegel, wie Sascha aus Jeans und Hemd schlüpfte und beides ordentlich über einen Sessel legte. Seine Tattoos kannte sie schon. Über seine rechte Schulter zog sich ein Tribialtattoo, auf den Oberarmen erkannte sie eine Schrift, die sie jedoch von dieser Entfernung nicht entziffern konnte. Die Muskeln seines Körpers zeugten von intensivem Training und die gebräunte Haut wiesen auf seine italienischen Wurzeln hin.

Als er sich über das Bett legte, bemerkte er ihren Blick, und sie fühlte sich ertappt. Wenigstens verkniff er sich frivole Sprüche und streichelte stattdessen Sammy auf dem Boden der anderen Bettseite, die er für Natalie vorgesehen hatte.

Nach dem Föhnen kämmte sie ihre Haare glatt, hätte ihr langes T-Shirt am liebsten in ein Negligé getauscht und Wimperntusche aufgetragen. Doch ihr natürliches Erscheinungsbild hatte dies nicht nötig, nur war ihr nicht bewusst, dass sie mit ihren 43 Jahren noch viele Blicke auf sich zog. Mit verschränkten Armen postierte sie sich vor das Doppelbett: »In Filmen schläft der Mann normalerweise auf dem Sofa und überlässt der Dame das Bett!«

Sascha drehte sich langsam auf den Rücken. »Das hier ist aber die Realität, ganz normal bin ich auch nicht und es gibt kein Sofa! Aber wenn du anständig bist, darfst du neben mir liegen«, konterte er belustigt.

»Zu gütig. Aber du weißt ja, dass Sammy zum Rottweiler mutiert, wenn du mir nur ein Haar krümmst.«

Sascha lachte. »Der kuschelt höchstens mit. Jetzt komm rein, bevor du dich erkältest.« Er hob einladend die Decke und sie schlüpfte darunter, blieb aber an der äußeren Kante und drehte ihm den Rücken zu. Er deckte sie zu, schaltete das Licht aus und ließ seinen Arm um sie umschlungen.

Gespannt und innerlich kribbelig wartete sie, ob er sich ihr näherte. Enttäuscht nahm sie stattdessen regelmäßige Atemzüge wahr und drehte sich langsam um. Durch das Licht der antiken Straßenlaternen, das durch die bodenlangen Gardinen schimmerte, betrachtete sie sein Gesicht. Seine langen Wimpern der geschlossenen Oberlider, die schwarzen dichten Augenbrauen, die glatte Brust, die sich durch tiefe Atemzüge hob und senkte. Sie versuchte, im Dämmerlicht das Tattoo am Oberarm zu entziffern:

Vivere militare est. Ein Kämpfer?, überlegte sie. Zärtlich fuhr sie die Buchstaben mit dem Finger nach, er reagierte nicht, doch sie wusste – er war wach. Beschwingt vom Wein aber nicht beschwipst hungerte sie nach körperlicher Nähe. Sie zog ihr T-Shirt über den Kopf und hoffte vergeblich auf eine Reaktion seinerseits. Zärtlich küsste sie seine Brust, seinen Hals und ihre Lippen tasteten sich bis zu seinem schmalen Mund. Ihre Zunge begegnete seiner und endlich erwiderte er ihr Bedürfnis nach Liebe und küsste sie zunächst sanft, dann immer leidenschaftlicher. Er gab ihr, was sie verlangte, forderte nichts für sich, bis sie ihn an sich zog, nach seiner Umarmung dürstete. Er beugte sich über sie, übersäte ihre Haut mit Küssen, bis sie mehr wollte. Sie wollte ihn. Jetzt und hier.

Am Morgen fand Natalie ihren Hund im Bad und hatte ein schlechtes Gewissen. »Hey mein Kleiner, bist du eifersüchtig?«

Er erhob sich mühselig und schlich zur Tür. »Okay okay – nicht kratzen, ich lass dich gleich raus, muss mir nur was anziehen.«

»Guten Morgen«, vernahm sie Saschas tiefe Stimme. Er stützte sich auf seinen Ellenbogen und lächelte. »Gut geschlafen?«

»So wie schon lange nicht mehr«, kicherte sie und zog ihr Laken über die Brust.

»Bleib hier, ich geh mit ihm Gassi, nicht, dass du dich verläufst.« Er schwang sich aus dem Bett, fischte seine Boxershorts unter der Decke hervor und war sich bewusst, dass er sich Natalie von seiner besten Seite präsentierte.

Sie kicherte erneut: »Pass auf dich auf, Sammy hat morgens immer besonders Hunger!«

Nach dem Frühstück im Gasthof bestückten sie das Wohnmobil mit Vorräten, fütterten Sammy und fuhren zum Reschensee. Das türkis schimmernde Wasser lud zum Baden ein, aber nicht mal der Hund wagte sich in die eiskalten kleinen Wellen, die leise ans Kiesufer schwappten. Sammy stillte nur seinen Durst, ignorierte die Enten und als er zu seinen Menschen zurückkehrte, fiel Natalie auf, dass etwas nicht stimmte.

»Sascha, sieh mal, er humpelt«, klagte sie besorgt, löste sich aus seinem Arm und kniete sich vor ihren Hund. »Ich kann nichts feststellen an seiner Pfote.« Als sie ihn liebevoll streichelte, verfingen sich einige Fellhaare in ihren Fingern und sie sorgte sich. Sascha beugte sich zu ihm und trug den Hund zurück zum Camper. »Lass uns weiterfahren, er wirkt müde.«

Natalie tippte ihren Wohnort ins Navi, nachdem Sascha darauf bestand, sie bis nach Hause zu fahren.

»Kirchheim? Dort wohnt ein Freund von mir, war mit mir in Biberach in der Bereitschaft. Ich würde ihm einen Besuch abstatten, entweder nimmt er mich bis Ulm mit oder ich fahre mit dem Zug«, entschied Sascha.

»Du kannst mein Auto nehmen, ich hab ja Urlaub und mein Bruder fährt mich zum Tierarzt.«

»Nein, du kümmerst dich jetzt erst mal um Sammy. Ich muss auch noch etwas erledigen, aber danke für dein Angebot, hast ja doch Vertrauen in mich«, scherzte er.

Natalie war nicht zum Lachen zumute.

Bei der Ankunft legte Sascha den Hund in sein vorbereitetes Hundekörbchen und Natalie gab ihm die Krake. Sascha half ihr, die Sachen aus dem Camper zu laden, und sie tranken zusammen Kaffee.

»Das war ein schöner Kurzurlaub, trotz Unfall und Waffenbedrohung«, sagte Sascha.

»Ja, nachdem du offenbar doch zu den Guten gehörst, war es durchaus noch interessant.«

»Stimmt und es gibt bestimmt noch mehr zu entdecken«, grinste er und küsste sie ausgiebig.

Als Sascha das Bad aufsuchte, kippte seine Stimmung in den Abgrund, der ihn seit Monaten hinunterzog. Es war nicht viel Blut, aber er wusste, was es bedeutete.

»Ich muss gehen«, rückte er nach anfänglichem Zögern heraus und streichelte verlegen über Sammys Rücken.

Natalie bemerkte sofort seinen ernsten Gesichtsausdruck. »Was ist los? Ist etwas passiert?«

»Ich muss zum Arzt«, meinte er mit traurigem Blick.

»Bist du krank?«, fragte sie besorgt.

»Ja, aber das erzähle ich dir ein anderes Mal. Wenn ich zurückkomme.«

Kapitel 22 – Die Wahrheit

Wenn er zurückkommt? War das eine Option? Was verschwieg er ihr abermals, jetzt, wo sie die letzten Tage Hoffnung auf ein bisschen Glück schöpfte? Warum musste es so jäh enden?, fragte sich Natalie und hoffte, dass die Ärzte beiden helfen konnten.

Am Abend schneite Steffi buchstäblich herein, die Temperaturen näherten sich dem Gefrierpunkt und genauso frostig fiel auch ihre Begrüßung aus. »Du hättest dich ruhig öfter melden können, wir haben uns Sorgen gemacht!«, empörte sie sich.

»Ich hab mich jeden Tag gemeldet«, verteidigte sich Natalie und bemerkte, dass Sammy im Türstock saß und knurrte.

»Oh wie süß!«, wirkte Steffi entzückt und schritt auf ihn zu, bis sie von Natalies vorgehaltener Hand gebremst wurde.

»Warte bitte Steffi – irgendetwas stimmt nicht. Weißt du, er ist krank und ich weiß nicht, warum er sich so verhält.«

»Du holst dir einen kranken Hund ins Haus?«
Entsetzt starrte sie über ihre Brille.

»Morgen gehe ich mit ihm zum Tierarzt.«

»Aha. Und? Erzähl, wie war die Reise, hast du jemanden kennengelernt?« Sie machte keinen Hehl daraus, die Frage, die ihr unter den Nägeln brannte, baldmöglichst zu befriedigen.

»Viele interessante Menschen. Ich war auch bei Matteos Familie. Bis auf seinem Bruder Ricci waren alle, die ich kennenlernte, freundlich«.

»Der ist mir schon damals bei eurer Hochzeit negativ aufgefallen. Also kein neuer menschlicher Lebensabschnittspartner?« Sie bemühte sich gar nicht erst, ihre Enttäuschung zu verbergen, und stand auf. »Ich muss dann auch wieder, Ralf macht wie immer Überstunden, aber ich soll dich schön grüßen.«

So schnell wie der Wirbelwind Steffi eintrat, entfernte er sich wieder. Natalie hatte keine Lust von Einzelheiten und schon gar nicht von Sascha zu erzählen. Oder doch? Mit der Hoffnung, dass sie endlich aufhört, sie zu verkuppeln?

Warum liegt ihr so viel daran, dass ich jemanden an meiner Seite habe?, überlegte sie, während sie Sammys Fell glattstrich. »Und was geht wieder in deinem übersinnlichen Köpfchen vor, dass du sie so angeknurrt hast? Steffi ist weiblich, aber du magst sie nicht? Und wenn du zwischen gut und böse unterscheidest, dann hast du dich diesmal geirrt, mein Schatz.«

Am Montag schob Tierarzt Dr. Seifert, Sammy terminlich dazwischen und bestätigte die reduzierte Lebenszeit, wie schon Alessandro. Die purinarme Spezialkost müsse wieder streng eingehalten werden, um seine Organe zu schonen. Der Veterinär wurde ohne Abwehrreaktionen von ihrem Hund toleriert. Ob er spürte, dass er ihm mit der Gelenkinjektion die Schmerzen erleichterte?

Sascha erwarb noch am gleichen Tag ein neues Smartphone, die ›Reiskur‹ zum Trocknen des alten, versagte. Abends meldete er sich bei Natalie, die sich gleich nach seinem Befinden erkundigte.

»Alles gut, war nur Fehlalarm. Wie geht es dir und Sammy?«

Natalie stutzte, informierte ihn aber über Sammys Tierarztbesuch: »Er bekam eine Cortisonspritze und muss streng Diät halten, Leckerlis sind tabu. Aber du wolltest mir noch von dir erzählen.«

»Nicht am Telefon, Schatz.«

Sie schloss die Augen. Zum einen, weil es beiden besser ging und zum anderen wurde ihr warm ums Herz, wenn er sie so liebevoll mit Kosenamen ansprach. Doch sie spürte, Sascha verschwieg ihr etwas.

Er fuhr fort: »Ich hab mir die Woche frei genommen«, log er erneut. »Wenn du möchtest, besuche ich euch morgen.«

»Du kannst jederzeit kommen, wir sind daheim«, freute sich Natalie.

»Es ist ihre letzte Chance! Nutzen Sie sie!« Der Mann am Telefon redete wiederholt auf Sascha ein, der für sich den Kopf schüttelte. »Lassen Sie mich noch eine Nacht darüber schlafen, dann melde ich mich.« Er legte auf und hielt die Hand vor den Mund, damit nicht noch mehr Lügen über seine Lippen traten.

Die nachfolgende Dusche spülte die Last, die er seit Monaten mit sich herumtrug, nicht fort. Wie er schon Natalie sagte: Wenn man alleine ist, muss sich niemand sorgen. Er könnte es gleich beenden, sie anlügen, ihr die Wahrheit sagen – nichts wäre fair. Er hätte nicht so feige sein oder sich nicht mit ihr einlassen dürfen. Aber er hatte es schon angedeutet, jetzt musste er es ihr sagen.

Mit Blumen für Natalie und einem Kuscheltier für Sam stand er am nächsten Abend vor ihrer Tür. Nur sein ernster Gesichtsausdruck passte nicht zu ihrem freudigen Empfang. Der Hund begrüßte ihn wedelnd, verkroch sich mit dem Stofftier jedoch gleich wieder auf seinen Platz.

»Fährst du heute noch oder darf ich dir einen Wein anbieten?«, fragte sie unsicher, sein verhaltenes Auftreten entging ihr nicht.

»Wasser ist gesünder«, erwiderte er, presste die Lippen aufeinander und senkte den Kopf.

»Erzähl es mir bitte«, bat sie.

Er schloss kurz die Augen und sprach, ohne aufzusehen: »Prostatakrebs. Und das mit 46.«

Natalie hielt den Atem an, sammelte sich aber rasch und blieb beherrscht. »Bist du in Behandlung?«

»Wozu?«

»Um zu leben?«

Sascha presste hörbar die Luft heraus. »Wozu?«, wiederholte er. »Ich hab keine Familie, meine Frau hat mich mit Hohn verlassen. Hab einen Job, bei dem ich mein Leben riskiere, um Verbrecher zu schnappen, die sich durch die Psychiatrietür wieder auf die Menschheit stürzen. Für was soll ich mich dann durch Chemo, OP, Strahlen und was weiß ich was alles quälen, um dann doch elendig zu verrecken? Ich kann keine Kinder zeugen und danach krieg ich nicht mal mehr einen hoch! Also sag mir wozu?« Es klang verächtlich, er fühlte sich vom Leben unfair behandelt, wie der Kirschkern einer Torte, den man angewidert an den Tellerrand schiebt.

Natalie erlebte zum ersten Mal, dass seine bisher feste Mauer der Selbstbeherrschung bröckelte. Nicht mal am Abhang der Schlucht – dem Tode nahe, oder bei ihrer Bedrohung mit der Waffe verlor er die Kontrolle über sich und die Situation.

»Um das Schicksal anzunehmen und dein Leben so zu ändern, dass es lebenswert ist?«

»Um welchen Preis?«

»Zugegeben, er ist hoch, aber wenn du aufgibst, hast du schon verloren.«

»Was ist denn an einem Leben als sozial isolierter Impotenter mit gescheiterter Existenz und scheiß Job so lebenswert? Da kann ich mich doch gleich ...« Abrupt stand er auf, wandte ihr den Rücken zu, aber sie sah, dass er seine Hand zur Stirn führte. Dann kreisten ihre Gedanken an seine letzten Worte. Suizid? ... Der Motorradabsturz ..., jetzt wusste sie, was an dem Unfallhergang nicht stimmte. Die Spur im Gras neben der Leitplanke, aber keine Bremsspuren ... und noch etwas ...

Sie hob den Kopf in seine Richtung: »Warum lag dein Bike im Wasser, aber du warst nicht nass? Warum warst du so ekelhaft, obwohl ich dich retten wollte?«

Er drehte sich um ohne Augenkontakt. »Weil ich in diesem Fall verdammt nochmal ein feiges Arschloch bin! Ich bin vorher abgesprungen. Siehst du? Nicht mal das krieg ich hin!«, antwortete er wütend.

»So wenig Gepäck und – deine Waffe ...«, murmelte sie.

»Hätte ich gar nicht mit mir führen dürfen, ich war nicht im Dienst. Aber ich kenne die Bilder erschossener Menschen, auch dazu war ich zu feige. Wie erbärmlich.« Seine abfällige Wut wich jetzt einer depressiven Stimmung.

Sie stand auf. »Ich bin so froh, dass du ein feiges Arschloch bist, und ich liebe dich dafür!«

Er wandte ihr sein gerötetes Gesicht zu und seine glänzenden Augen verrieten seine Emotionen.

»Ich liebe dich auch, aber ich will nicht als Versager dastehen!«

Nach einer Gedankenpause unternahm Natalie einen Umstimmungsversuch mit nachdenklichem

Blick und leiser Stimme. »Mein Partner hat mich auch verlassen, wenn auch nicht freiwillig. Ich bin dankbar für meine Familie, aber sie setzen mich unter Druck. Meine Kundschaft jagt mir mit Leidenschaft Rechtsanwälte hinterher und ich bin seit vier Jahren einsam. Vielleicht hab oder krieg ich Krebs, aber ich schmeiße nicht hin. Denn das Wochenende hat mir Lichtblicke geschenkt, die mich hoffen lassen, auf ein schönes Leben und ich rede nicht nur von Sammy.« Sie blieb stark und schluckte ihre Tränen hinunter. »Wenn das Wochenende für dich nicht schön war, dann müsste ich mich schwer in dir täuschen«, wisperte sie mit kippender Stimme.

»Doch ... das war es«, gab er kleinlaut zu.

»Dann kämpf doch! Was ist mit deinem Tattoo – *Leben heißt zu kämpfen!*«, rief sie aufgebracht. »Gib uns doch eine Chance! Lass mich nicht auch allein!« Ihr Blick streifte Sammy und die Tränen liefen nun doch über die geröteten Wangen.

Rasch lief er zu ihr, schlang die Arme um sie und sie hielten sich gegenseitig fest. Lange.

Bevor Sascha sich der Strahlen- und eventuell einer Hormontherapie unterzog, riet ihm der Arzt dazu, seine Spermien einfrieren zu lassen, sollte Kinderwunsch bestehen.

»Ich bin bereits unfruchtbar, meine Exfrau und ich hatten es jahrelang versucht.«

»Außerdem sollten sie wissen, dass Sie danach vielleicht keinen ...«

»Ja ich weiß. Ich habe mich informiert, welche Auswirkungen die Therapie hat.«

Zur täglichen Strahlentherapie begab er sich ins Bundeswehrkrankenhaus Ulm und Natalie begleitete ihn. Während er sich den Sitzungen unterzog, gehörte ihre ganze Aufmerksamkeit Sammy. Allein seine Anwesenheit lenkte sie ab, denn sie litt diese Zeit sehr und das spürte auch ihr Hund. Mit ihm spazierte sie im angrenzenden Park oder fuhr mit ihm im Fahrradanhänger an der Donau entlang.

Nach den Behandlungen ruhte sich Sascha bei ihr und Sammy aus und sie war für ihn da, wenn er psychisch in ein Tief rutschte. Er schlief viel und so teilte sie ihre ganze Liebe für beide auf.

Im Büro ihrer Immobilienfirma richtete sie eine gemütliche Ecke für Sammy ein und rasch eroberte er alle Herzen der Angestellten. Kundengespräche übernahm Sandra, denn sie bekam mit, wie angespannt Natalie war. In ihr fand sie die Vertraute, die ihr verständnisvoll beistand.

Sascha verweigerte die Krankmeldung. Er wurde durch Innendienste abgeschottet, recherchierte nicht nur in der Cyberkriminalität, sondern versuchte Licht in ungeklärte Fälle zu bringen. Das Wochenende verbrachten er, Natalie und Sammy gemeinsam je nach gesundheitlicher Verfassung mit Ausflügen oder in Natalies heimeligem Wohnzimmer. Wenn Sammys wechselhafte Kondition nachließ, verfrachteten ihn seine Menschen in Hundeanhänger, Trägerucksack oder in einen Bollerwagen – Hauptsache er war dabei, nie allein.

Dem peinlichen Überraschungsbesuch Steffis, bei dem sie beide antraf, folgte ihrerseits eine Einladung zum Essen, an dem Sascha auch ihren Ehemann Ralf kennenlernte. Allerdings wurden die Gespräche durch anhaltendes Knurren Sammys unterbrochen, das sich durch keinen

Ablenkungsversuch unterbinden ließ. Im Gegenteil, es schaukelte sich zu bedrohlichem Hundegebell hoch, sodass sie noch vor dem Dessert die ohnehin angespannten Tischgespräche beendeten und das Lokal verließen. Den vorwurfsvollen Blick Steffis ignorierend, verabschiedeten sie sich und statt einer Ermahnung, lobte Sascha den Hund, der dem – in seinen Augen überheblichen – Ehepaar keine Sympathien entgegenbringen konnte.

Saschas Dienststelle bot ihm Homeoffice an, wenn er Schmerzen hatte. Eine Krankschreibung lehnte er nach wie vor ab. Die Strahlentherapie setzte ihm bei jeder weiteren Sitzung zu. Doch nach deren Ende blieb er bei Natalie und sie fühlte sich wohler, wenn er in ihrer Nähe war. Sie arbeitete nur bis mittags, kochte gesund und ermunterte ihn, die Therapie durchzuhalten.

Als sie kurz vor Weihnachten nach Büroschluss heimkam, stand Sascha mit ernster Miene im Türrahmen des Arbeitszimmers, in dem Sammy ihm meist Gesellschaft leistete.

Erschrocken erwartete sie eine schlechte Nachricht und sprach ihn gleich an: »Hattest du deinen Kontrolltermin?«

»Nein, der ist erst nächste Woche, mir gehts gut.«

»Ist was mit Sammy?«

»Auch nicht, er ist gerade im Garten. Aber ich arbeite seit Tagen an einem Fall. Das Ergebnis wird dir nicht gefallen.«

Natalie suchte in seinen Gesichtszügen einen Hinweis. »Um was genau geht es?«

»Um Matteos Motorradunfall.«

Kapitel 23 – Der Unfall

»Komm, setz dich zu mir an den Tisch, ich hole Sammy rein«, forderte Sascha Natalie auf, die zur Salzsäule erstarrt, im Flur stand.

»Du hast mir erzählt, dass Matteo vermutlich auf einer Ölspur ausgerutscht ist.«

»Ja, das berichtete der Polizist, der mir die Nachricht überbrachte.«

»Wusstest du, dass das Öl nur an diesem Streckenabschnitt der Kurve lag?«

»Nein, es war ja nur eine Vermutung, warum sein Hinterrad wegrutschte.«

»Weißt du, welcher Notarzt an diesem Tag Bereitschaft hatte?«

»Keine Ahnung.«

»Es war Steffis Mann Ralf.«

Natalie sah Sascha ratlos an, als hätte sie seine Worte nicht verstanden.

»Was?« Sie wendete sich ab und blickte ins Leere. »Warum hat er mir das nie gesagt? Ich hatte doch noch so viele Fragen!«

»Er wollte dich schonen«, interpretierte Sascha sein Schweigen. »Oder sich selbst.«

»Wie meinst du das?«

»Er war diensthabender Notarzt, und als Erster allein an der Unfallstelle. Er unterschrieb eine vorläufige Todesbescheinigung, da er zu einem anderen Notfall gerufen wurde. Der nachfolgende Rettungsdienst war nach zehn Minuten vor Ort, die Reanimation wurde von dem Notarzt bereits abgebrochen, die Todesursache lautete Herzstillstand. Wie kann das sein, wenn Matteo zehn Minuten zuvor selbst den Notruf absetzte? Warum brach Ralf ohne Monitoring so früh ab, vor allem wenn er ihm persönlich bekannt war?

Meine Kollegen vor Ort befragten ihn und seine Frau Steffi getrennt voneinander und es kam zu Ungereimtheiten. Ich möchtc, dass du mit ihr sprichst, sie ist deine Freundin, und sie kannte Matteo schon vor dir.«

Natalie starrte ihn während seiner Aussage nur an und ließ seine Worte in sich nachklingen. Er zweifelte an der Unfallursache, den Maßnahmen und ausgerechnet Ralf war der Notarzt und beide verloren darüber nie ein Wort? Welche Ungereimtheiten gab es und – Steffi kannte ihn vor ihr? Sie dachte an das Notfallseminar und wie eigenartig sie sich damals verhielt.

»Wann war die Befragung deiner Kollegen?«, wollte sie wissen.

»Vor vier Tagen, also am Dienstag.«

»Seitdem meldete sie sich nicht mehr«, überlegte sie murmelnd.

»Das würde mir zu denken geben. So wie ich sie kenne, taucht sie doch bei Neuigkeiten sofort bei dir auf.«

Natalie griff zum Handy.

»Sie geht nicht ran.« Sie nahm ihre Jacke und küsste ihn, bevor sie sich auf den Weg machte.

Steffi wirkte überrascht, als Natalie Sturm klingelte. »Du hier? Schön, dass du mich auch mal besuchst. Ist etwas passiert?«

»Steffi, sag mir, woher du Matteo kanntest«, forderte sie, um Fassung bemüht.

»Wie kommst du darauf? Vor allem jetzt?«

»Bitte Steffi, kanntest du ihn von diesem Seminar am Levicosee?«

Zum ersten Mal, seit sie sich kennenlernten, fehlten ihrer sonst quirligen Freundin die Worte. Regungslos standen sie sich im Flur gegenüber, bis sie mit der Hand zum Wohnzimmer zeigte. »Komm, setzen wir uns«, bat sie mit ungewohnt verhaltener Stimme.

»Ja. Ich lernte ihn kennen, bevor du damals am Freitag nachkamst. Ralf und ich hatten wieder mal Streit und er hatte es so scheiß wichtig mit seinen Kollegen zu fachsimpeln, dass ich mich ganz bewusst mit vorwiegend männlichen Gästen unterhielt. Matteo reichte mir einen Prosecco und sagte: ›Du siehst aus, als könntest du einen vertragen.‹ Er flirtete mit mir und ich mit ihm. Anfangs, um Ralfs Eifersucht zu schüren, nur bekam der vor lauter übertriebener Selbstdarstellung nichts mit und ich ...« Steffi schluckte.

»Hattest du was mit ihm?« Natalie erinnerte sich, wie sie fast geflüchtet war, damals, als Matteo die Terrasse betrat. An Ralfs forschem Drängen zur plötzlichen Abreise und an die Worte Matteos, ob sie schon ›was gefunden‹ hätte. So missgelaunt wie an diesem Abend, erlebte sie ihn später nur selten. Sie beobachtete Steffi, wie sie ihre Hand vor den Mund hielt. Welche Worte wollte sie zurückhalten?, überlegte sie. Sie kannte die Antwort und stellvertretend sprach sie sie selbst aus: »Du hattest was mit ihm.« Und als Steffi nicht antwortete, mutmaßte sie weiter: »Und Ralf hat es erfahren, darum die plötzliche Abreise.« Natalie bemerkte, dass Steffi mit den Tränen kämpfte. So kannte sie ihre sonst selbstbewusst auftretende Freundin nicht und schon gar nicht so wortkarg. Plötzlich brach es aus ihr heraus: »Es tut mir leid!«, brachte sie weinend hervor. »Es tut mir leid, wenn ich ausgerechnet dir das sagen muss, aber ich hab es genossen! Ralf hatte mich seit Monaten nicht mehr angefasst und ich ... schäme mich jetzt dafür.« Sie schluchzte.

Natalie hatte kein Mitleid, fühlte sich genauso hintergangen wie Ralf. »Du hast mir gar nicht erzählt, dass die Polizei bei euch war.«

Steffi hob den Kopf. »Woher weißt du das?«

»Sascha ist Polizeibeamter.«

»Und da hast du ihn auf uns angesetzt?«, empörte sich Steffi.

»Nein natürlich nicht. Als ich ihm von Matteos ›Unfalltod aus ungeklärter Ursache‹ erzählte, bot er von sich aus an, nachzuforschen.«

»Und du hast es zugelassen?«

»Warum nicht, es kann ja nicht schaden, dachte ich.«

»Na vielen Dank auch. Sie hatten viele Fragen an Ralf.«

»Ihr habt mir nie erzählt, dass er der Notarzt war. Ich hatte auch noch viele Fragen!« Nun war Natalie die Entrüstete.

Steffi schwieg. Für Natalies Empfinden zu lange.
»Gibt es noch etwas, dass du mir sagen willst?«

Weiterhin Schweigen. Zu einem Strich zusammengepresste Lippen, die Augen auf den Boden gerichtet, schüttelte sie nur träge den Kopf.

Grußlos verließ Natalie ihre Freundin und fuhr zu Ralfs Praxis.

»Ich möchte Ralf sprechen und nein, ich habe keinen Termin, und ich brauche auch keinen«, funkelte Natalie das Mädchen an der Anmeldung an. Eingeschüchtert notierte sie ihren Namen und forderte sie nach ein paar Minuten auf, in sein Sprechzimmer einzutreten.

»Natalie! Bist du krank? Was kann ich für dich tun?«, begrüßte er sie überschwänglich.

»*Du* hast Matteos Tod festgestellt?«, platzte sie gleich heraus.

»Ach dreh mir doch jetzt keinen Strick daraus, du warst damals fix und fertig!«, spielte er herunter.

»Damals wie heute hätte ich so viele Antworten auf meine Fragen gebraucht!«, fauchte sie. Und ohne eine Entschuldigung abzuwarten, die sie ohnehin nicht von ihm erwartete, wollte sie wissen, was genau passiert war.

»Das ist schon viel zu lange her.«

»Hast du ihn reanimiert? Hat er noch was gesagt? Was hatte er genau?«

Ralf lehnte sich in seinen wuchtigen Lederstuhl zurück und kniff die Augen zusammen, als misstraute er ihr.

»Red endlich!«, forderte sie ungeduldig.

»Nachdem er bewusstlos wurde, habe ich den Leitlinien entsprechend Erste-Hilfe-Maßnahmen eingeleitet, die leider nicht zum Erfolg führten. Die Sanis zeigten mir die Nulllinie, es war nichts mehr zu machen.« Er hob beide Hände als Zeichen seiner Machtlosigkeit.

Natalie stutzte. »Die Leitstelle hat dich als Erstes gerufen?«

»Selbstverständlich, ich hatte Dienst. Ich war auch als Erster dort, da lag Matteo bereits bewusstlos am Boden. Ich hab getan, was ich konnte. Hast du sonst noch Fragen oder kann der Praxisbetrieb für meine kranken Patienten weitergehen?«

Diese selbstgefällige Art, wie er zurückgelehnt berichtete und seine Finger gegeneinander legte, gefiel ihr nicht. Sie versuchte, ihn aus der Reserve zu locken. »Hast du gewusst, dass er mit Steffi geschlafen hat?«

Abrupt stand er auf, dass der Lederstuhl an den Karteischrank hinter ihm prallte. »Das reicht jetzt! Vor Kurzem kreuzte schon die Polizei auf und nervte mit ähnlichen Fragen, was soll das?«

Seine Gesichtsfarbe wechselte in ein tieferes Rot. Schweißperlen glänzten an seiner Stirn.

»Sie hat es mir erzählt.« Damit setzte sie das Vertrauen ihrer Freundin aufs Spiel, doch sie legte keinen Wert mehr darauf und pokerte: »Ich bin genauso betrogen worden wie du. Wie lange ging das schon mit den beiden?«

»Das kann ich dir nicht sagen«, sprach er mit erhobenem Kopf und verachtendem Blick. »Aber ich weiß von mindestens zwei Mal, wo Steffi in eurem Haus war, obwohl *du* nicht da warst.«

Natalie hörte die Worte, die sie wie Pfeile mitten ins Herz trafen. Ihre Lippen bebten, und sie konnte nicht sprechen. Tränen der Enttäuschung und Wut stiegen auf. Sie wollte fliehen, doch ihre Beine gehorchten ihr nicht. Langsam, Schritt für Schritt tastete sie sich rückwärts aus dem Sprechzimmer und ließ den vorher selbstgefälligen Mann – nun mit hängendem Kopf zurück.

Kapitel 24 – Aufgeklärt

Obwohl er sich bemühte, konnte Sascha sie nicht beruhigen. Schluchzend lag sie mit ihrem Kopf auf seinem Schoß und übersäte den Teppich mit zerknüllten Tempos.

Sammy ahnte, dass hier keine Krake der Welt trösten konnte, und schmiegte sich an sie. Geduldig streifte Sascha ihre tränennassen Haare hinter ihr Ohr und hörte sich an, was sie ihm über ihren Besuch bei Ralf erzählte. Immer wieder unterbrochen von Weinkrämpfen.

Nüchtern und laut denkend fasste Sascha zusammen: »Die Leitstelle speichert Notrufe für mehrere Jahre. Wir prüfen, ob sich Matteos Anruf mit der Aussage Ralfs deckt. Laut Protokoll wurde das EKG-Gerät gar nicht angeschlossen, weil Ralf alle Maßnahmen zur Reanimation abgebrochen hatte. Matteo starb nicht auf dem Weg ins Krankenhaus, sondern vorher, sonst hätte ihn Ralf als Notarzt begleiten müssen. Vielleicht finden wir die Namen der Sanitäter, die damals vor Ort waren. Der Polizeibericht lässt nicht auf Fremdverschulden schließen. Wenn du es verlangst, kann die Akte eventuell geschlossen bleiben. Ansonsten knüpfen unsere Spezialisten an dem Verdacht an, den du hast und der ein mögliches Motiv sein könnte. Ralf muss Matteo abgrundtief gehasst haben.«

Natalies Tränen versiegten. »Glaubst du, er hat ihn umgebracht? Oder – sterben lassen?«, murmelte sie mit leiser Stimme.

»Das werden wir herausfinden. Versprochen. Es tut mir so unendlich leid, dass du jetzt nicht nur den wahren Unfall vor Augen hast, sondern dass du heute in schändlicher Weise enttäuscht worden bist, von den drei Personen, die dir am nächsten standen.«

Kapitel 25 – Weihnachten

Als Sascha zum Kontrolltermin seiner Blutwerte einbestellt wurde, bestand Natalie darauf, ihn zu begleiten.

Die PSA-Werte waren alarmierend hoch und der MRT-Befund indizierte einen Tumor innerhalb der Prostatadrüse. Im Vergleich zur Erstaufnahme in deutlich reduzierter Form. Keine Metastasen. Die Hautreizungen von der Bestrahlung heilten ab. Die Ärzte sprachen von einer zuversichtlichen Prognose und empfahlen, die kurative Behandlung fortzusetzen.

Dieses Ergebnis stimmte das Paar hoffnungsvoll. So kurz vor Weihnachten hätte sie ein Rückschlag besonders schwer getroffen.

Zu Weihnachten einigten sich beide, dass keine Geschenke der Welt so wertvoll wie die Gesundheit sein können. Doch die seelischen und körperlichen Wunden waren noch nicht vernarbt. So schätzten sie die Zweisamkeit und dann suchten die drei, vom Leben enttäuschten, aber glücklich vereinten, die

Nähe des Meeres: Die italienische Adria – nach Rimini.

Martin hatte bei der Reparatur des Wohnmobils mit Spott über die Fahrkünste seiner Schwester nicht gespart. Demonstrativ drückte er Sascha die Camperschlüssel in die Hand. »Hier bitte, ich hab jetzt nämlich Urlaub und keine Zeit für unnötige Wohnmobilreparaturen, nur weil sie nicht hören kann.« Dabei strafte er seine Schwester mit einem abschätzigen Seitenblick.

»Die fährt genauso schlecht, wie sie wirft, also fahr du – nur zu deinem Selbstschutz«, meinte er schmunzelnd und zwinkerte Natalie zu.

Einen Schmollmund brachte sie nicht zustande, weil sie ihr Lachen nicht unterdrücken konnte.

Sammy musste überall dabei sein, auch wenn es dem Paar so manche Herausforderungen abverlangte. Akzeptierte ein Restaurant keine Tiere, suchten sie ein anderes aus. Kirchen besichtigten sie nur von außen oder einzeln nacheinander und Treppen mieden sie, wo es ging. Nur bei Strandspaziergängen ließ es sich Sammy nicht nehmen, selbst zu laufen, anstatt sich im Bollerwagen transportieren zu lassen. Er liebte den Strand und das Meer.

Lediglich vereinzelte Touristen hielten sich in der kalten Jahreszeit an der Küste auf. Die Hundebesitzer und deren Schützlinge interessierten Sammy nicht mehr. Tapfer stapfte er hinter seinen Menschen her, die Hand in Hand voraus schlenderten und sich von den Ereignissen der vergangenen Tage und Wochen erholten.

Als sich am Montagabend die wenigen noch geöffneten Lokale einen Ruhetag gönnten, beschloss Sascha, selbst zu kochen. »Es gibt Fisch«, verkündete er. Sie kauften frische Doraden auf dem Markt.

Während Sammys feine Hundenase die verschiedenen Gerüche einsog, hielt sich Natalie die ihre entschlossen zu. »Puh, riecht das hier streng.«

»Frischer Fisch stinkt nicht«, behauptete Sascha. »Und wusstest du, dass Austern noch leben, wenn man sie schlürft? Also frischer gehts nicht.«

Natalie rümpfte die Nase.

Zielstrebig peilte er den Gemüsestand an und suchte nach knackigem Wintersalat. Wie ein Sternekoch begutachtete er die Waren und griff entschlossen zum Radicchio. »Wenn lebende Schnecken drin sind, weißt du, dass es Bioqualität ist«, erzählte er begeistert und bemerkte gar nicht, dass sich seine Freundin angewidert abwendete.

»Also, als ich mal in der Normandie war ...«, suchend blickte er zu beiden Seiten. »Schatz?« Er entdeckte sie über eine Abfalltonne gebeugt, während Sammy sich durch einen Sprung auf die Seite in Deckung brachte.

»Alles in Ordnung?«

»Ja passt schon, ich hab mir deine Worte noch mal durch den Kopf gehen lassen. Mein Magen hat rebelliert. Hast du jetzt alles?« Sie hielt sich ein Taschentuch vor den Mund. »Und wenn nicht, dann besorg es, aber bitte ohne Kommentar.«

Sascha war sich keiner Schuld bewusst. Er wollte ihr noch mitteilen, dass es im Winter unwahrscheinlich ist, eine Schnecke zu finden, aber er verkniff es sich und nahm ihr den Bollerwagen mit Sammy ab.

Während Natalie im Vorzelt den Salat zupfte und dabei jedes einzelne Blatt sorgfältig inspizierte, brutzelte Sascha draußen am Grill den Fisch und legte Ofenkartoffeln auf. Streng bewacht von Sammy, der hoffte, dass etwas für ihn abfiel.

»Schatz? Wenn Sammy keinen Fisch fressen darf, ist dann Bier okay, sind ja Kohlenhydrate?«, witzelte er und bemitleidete den Hund.

»Nein!«, antwortete sie. »Für dich auch nicht, also sei solidarisch.«

Sascha beugte sich zu ihm runter. »Tja Kumpel, da hörst du es. Tut mir leid. Für die Gesundheit muss man halt auch mal verzichten.« Er strich ihm das Fell aus dem Gesicht und sah, wie müde und matt seine Augen waren. »Hey«, sprach er leise zu ihm. »Bleib bitte noch lange bei uns, hörst du?«

»Köstlich!«, lobte Natalie und nahm sich ein weiteres Stück Dorade. »Grazie mille«, antwortete Sascha stolz. Bei neun Grad Außentemperatur hatten sie sich in den Camper zurückgezogen. Im engen beheizten Innenraum wurden sie eingehüllt in Aromen von Fisch, Öl und Knoblauch, aber sie nahmen es in Kauf.

Natalie hatte inzwischen kein Problem mehr damit, dass sie zusammen im Doppelbett des Campers lagen, sie schlief hier auch mit ihm. Doch so gut sie ihre Gedanken an Matteo verdrängte, schafften einzelne Erinnerungen es doch, sie zu quälen. Ob er hier auch mit Steffi ...? Oder im Ehebett daheim?

»Sascha?«

»Hm?«, machte er schläfrig.

»Ich würde gern ein neues Schlafzimmer kaufen und du ziehst ganz zu mir, was hältst du davon?«

Er legte seinen Arm um sie. »Lass mich erst ganz gesund werden, okay?«

Natalies Gedankenkarussell bremste nicht mehr ab. Übelkeit stieg in ihr hoch und sie schaffte es gerade noch ins Bad um sich zu übergeben. Als sie zurück schlich, wich Sammy aus und legte sich sicherheitshalber auf den Beifahrerplatz. Sascha blinzelte, als sie mit der Taschenlampe herumfuchtelte und meinte: »Also ich hab nichts gesagt, jedenfalls nichts Ekliges. Und bevor du über meine Kochkünste lästerst – die sind in Ordnung! Einschließlich Fisch! Hast du etwa Bier getrunken?«, versuchte er sie aufzumuntern.

»Ich glaube, ich bin schwanger.«

Plötzlich war er hellwach.

»Oder ich bin mit fast 44 in den Wechseljahren, aber ich bin überfällig.«

»Aber ihr hattet doch keine Kinder kriegen können?«

»Dann war es doch dein Fisch.«

»Also wenn der das war, musst du in neun Monaten ablaichen«, grinste er.

»Doofmann!«, lachte sie und kuschelte sich an ihn. Jetzt konnte sie erst recht nicht schlafen.

»Vielleicht eine Magenverstimmung«, rätselte Sascha am Morgen und rührte genüsslich im weichen Frühstücksei. Wieder wurde ihr übel. »Soll ich fasten?«, meinte er, als sie aus dem Bad zurückkam.

»Ich kann einfach das Geschlabber nicht sehen«, entgegnete sie gereizt.

»Darf ich dann Schokolade essen?«

»Lass uns eine Apotheke suchen.«

Sammy kratzte bereits an der Tür.

»Komm, leg dich hin, ich gehe mit ihm eine Runde. Laut App ist eine Farmacia an der Hauptstraße, ich bringe dir was gegen die Übelkeit mit.«

»Bitte auch einen Schwangerschaftstest, nur zur Sicherheit.«

Er öffnete kopfschüttelnd die Tür, ließ den Hund raus und zog sie wieder zu. »Natalie, es ist nicht möglich. Ich bin sicher unfruchtbar.« Er dachte an seine Exfrau Sina, die mit verletzenden Worten den Ausdruck ›Versager‹ umschrieb und ihm unterschwellig seine Zeugungsunfähigkeit vorwarf.

»Okay«, gab sie nach. »Warten wir ab, ob es mir bald besser geht.«

Nach Einnahme eines homöopathischen Mittels fühlte sie sich wohler und sie planten eine Tour nach San Marino.

Mit der Seilbahn überwanden sie die 739 Meter auf den Gipfel des Monte Titano. Zum Glück kamen nur wenige Besucher, so hatte auch Sammys Hundetransporter ausreichend Platz in der Gondel. Auf halber Höhe erwartete sie eine Überraschung. Das Schloss lag weiß, wie von einer hauchdünnen Puderzuckerschicht bestäubt, vor ihnen auf dem hohen Felsgestein.

Sammys verwunderter Blick nach dem Ausstieg ließ das Paar innehalten. »Alles gut, Sam, das ist Schnee«, vermittelte Natalie ihm Sicherheit.

Er schnupperte und tastete vorsichtig mit einer Pfote auf den weißen Untergrund, um sie im nächsten Moment zurückzuziehen und prüfend abzuschlecken. »Hast du noch nie Schnee gesehen?«, wunderte sich Natalie und beugte sich zu ihm hinunter.

»Er ist Süditaliener, gut möglich«, überlegte Sascha.

Sammy musste diesem seltsamen weißen Belag auf den Grund gehen und sprang wagemutig aus dem Bollerwagen. Er stieß seine Nase hinein, schüttelte sich sofort und grub mit den Pfoten die dünne Schicht ab. Sascha formte einen Ball und warf ihn vor seine Schnauze. Vorsichtig erfasste sein Maul die weiße kalte Kugel, biss darauf, dass sie zerfiel, und schüttelte sich erneut.

»Schneeballschlacht!«, forderte Natalie und formte ambitioniert mit bloßen Händen ihre Munition, die prompt statt auf Sascha in Sammys Fell landete. Erschrocken suchte der das Weite und Sascha machte sich bereit für seine Verteidigung. Sein Ball traf Natalies Rücken, bevor sie in Deckung gehen konnte. Ihr weißes Gegenfeuer überflog in hohem Bogen Saschas Kopf, der ihm prustend nachsah. »Okay, warte!« Er stellte sich etwa fünf Meter vor sie hin und versprach sich nicht zu bewegen, während sie ihn bewerfen durfte. »Du hast vier Versuche. Wenn du mich triffst, zahl ich ein feudales Essen, hier oben im Schloss.«

»Und wenn nicht?«

»Dann kochst du heute mein Leibgericht: Spaghetti alle Vongole.«

»Pff, das riskier ich. Schütze deine Nudel, nur zur Sicherheit«, drohte sie schelmisch grinsend und zielte mit zusammengekniffenen Augen ihren Schneeball auf sein Gesicht.

»Das war nur ein Warnschuss!«, behauptete sie, als ihr Geschoss weit verfehlte. Das zweite zischte gefährlich nah zwei Meter an seinem Ohr vorbei und der dritte Ball traf die Schlossmauer. Sammy beobachtete das Spiel und schaute wie beim Tennis den Bällen hinterher. Sascha stemmte provokativ die Hände in die Hüften und bot ihr mehr Angriffsfläche. Beim letzten Schuss verringerte er sogar die Distanz und schloss vertrauensvoll die Augen, während er siegessicher grinste. Mit aller Kraft und aufkommender Wut positionierte sie sich wie der Pitcher beim Baseball. Konzentriert biss sie die Zähne zusammen und holte zum alles entscheidenden Wurf aus. Nach einem klatschenden Geräusch und nachfolgendem Stöhnen einer männlichen Stimme starrte sie auf den schwarz gekleideten Mann, der sich krümmend den Bauch hielt. »Oh mein Gott!«, entfuhr es Natalie, als sie erkannte, wen sie soeben getroffen hatte.

»Nein, aber du hast den Monsignore abgeschossen.« Sascha strich dem erschrockenen Mann den Schnee von seiner Soutane und entschuldigte sich auf Italienisch für Natalies Wurfkünste.

Sie hielt sich wie beim Gebet die Hände über Mund und Nase und starrte dem Geistlichen ins Gesicht. Der lächelte wider Erwarten, schritt auf sie zu und klopfte ihr auf die Schulter. Seine Worte hörten sich aufmunternd an, aber Natalie verstand nicht, was er sagte, und Sascha verweigerte die Übersetzung.

»Ich suche mir schon mal einen Tisch aus«, neckte er sie.

»Aber ich hab dich doch gar nicht getroffen«, klagte sie, von sich selbst enttäuscht.

»Hättest du aber, wenn der Monsignore sich nicht als menschliches Schutzschild geopfert hätte. Ich lass das auf jeden Fall gelten. Du kannst ja morgen meine Spaghetti kochen, denn ich hab *jetzt* Hunger.« Er legte tröstend den Arm um seine verstörte Natalie und rief Sammy.

Der hatte inzwischen Gefallen an der weißen Pracht gefunden, mobilisierte seine langsam schwindenden Kräfte und tollte wie am Strand herum, dass die aufgewirbelten Flocken in der Sonne glitzerten.

Die Aussicht auf die mittelalterliche Kleinstadt und ihre Umgebung belohnten den Aufstieg zur Festung mit ihren drei Wehrtürmen, und sie hatten Glück.

Hunde waren in dem prächtigen Schlossrestaurant willkommen.

Nach einem opulenten Essen und Saschas Espresso traten sie den Rückweg an. Jedoch weigerte sich Sammy, in die Seilbahn zu steigen, sprang aus seiner Karre und bellte.

»Natalie bückte sich zu ihm und streichelte seinen Rücken.« Unbeirrt setzte er sein Gebell fort. Sascha beobachtete die wenigen Menschen, die einstiegen und einen weiten Bogen um Sammy machten.

»Nehmen Sie den Hund an die Leine«, rief ein Fahrgast beim Einsteigen, während sie beruhigend auf Sammy einredete.

»Natalie, hier stimmt was nicht, aber ich habe keine Ahnung was.« Sascha hob Sammy hoch und setzte ihn in den Wagen, er wehrte sich und sprang heraus.

»Sascha, sieh ihn an, er bellt uns an, nicht die Leute!«

Er wandte sich an den Mitarbeiter der Bahn: »Ist mit dieser Gondel alles in Ordnung? Der Hund bellt nicht ohne Grund.«

Der Mann raunte zurück: »Ist mit Ihnen alles in Ordnung? Beruhigen Sie den Köter oder *laufen* Sie hinunter.« Kopfschüttelnd ging er wieder in die Station.

»Nehmen wir die Nächste«, bestimmte Natalie.

Während sie warteten, folgte eine Durchsage auf Italienisch. Natalie bat Sascha zu übersetzen.

»Ein technisches Problem«, meinte er und beobachtete, dass die Seilbahn auf halber Höhe stoppte.

»Sie werden doch nicht abstürzen?«, sorgte sie sich.

»Das glaube ich nicht, die wurde erst kürzlich modernisiert, hab ich gelesen.«

Die nächste Durchsage forderte die Besucher, die auf die Seilbahn warteten, auf, zu Fuß zu laufen. Die Störung zu beseitigen, nähme Zeit in Anspruch.

»Oh nein, na wenigstens gehts bergab«, sagte Natalie.

»Na Gott sei Dank sind wir nicht eingestiegen«, ergänzte Sascha mit Blick auf Sammy. »Er muss einen siebten Sinn haben.« Sascha suchte am nächsten Morgen im Internet, ob über die Seilbahn berichtet wurde und las vor, dass die Passagiere bis Mitternacht ausharren mussten, bis sie mit einem Helikopter gerettet werden mussten.

»Er ist unser Schutzengel und ich wünschte, er hätte auch einen, der ihn vor dieser Krankheit rettet.« Wehmütig kraulte sie ihren Hund am Bauch,

während er seine Streicheleinheiten auf dem
Rücken liegend sichtlich genoss.

267

Kapitel 26 – Der Brief

Wieder zu Hause, ignorierte Natalie den Bußgeldbescheid der italienischen Verkehrsüberwachung. Ihr Augenmerk fiel auf einen handgeschriebenen Brief von Steffi, den sie gleich öffnete.

Liebe Natti!

Ich kann es nicht oft genug wiederholen, wie leid es mir tut, ich hätte dir von Anfang an reinen Wein einschenken sollen, aber ich konnte es nicht. Ich weiß, wie schwerwiegend sich die Fehler auswirkten, hielt es aber nie für möglich, wie tief sie Ralf trafen. Auch wenn er mit seiner übertriebenen Eifersucht nur unnötigen Streit auslöste – am Ende, hatte sie sich bestätigt.

Somit bin ich mindestens genauso in die Verantwortung zu nehmen.

Du kannst mir glauben oder nicht, es ändert nichts an der Tatsache, dass ich deinen Matteo damals und nach wie vor liebte.

Ja, ich habe ihn aufgesucht, wenn du nicht da warst. Jedes Mittel war mir recht, ihn zu verführen, ihn so zu lieben, wie damals am See. Wenigstens noch ein einziges Mal.

Ralf konnte mir nie das geben, was Matteo mir gab und mir war es am Ende egal, ob Ralf es erfuhr oder nicht. Dir wollte ich aber nie weh tun, glaub mir bitte.

Ich schäme mich das zuzugeben, und es kratzt an meinem Selbstbewusstsein, aber Matteo wies mich ab. Er liebte dich so sehr, dass keine Frau der Welt ihn hätte umstimmen können, sagte er zu mir und kränkte mich damit dermaßen, dass ich mich auch von Ralf abwandte. Der wusste Bescheid, weil er mir nachspionierte, und es dauerte vier Jahre bis zur Beruhigung seines krankhaften Egos.

Es gab danach keine Wiedergutmachung, doch wollte ich, dass du so schnell wie möglich wieder glücklich wirst. Aber man kann eben nichts erzwingen, du hast dein Glück selbst gefunden.

Verzeih mir bitte, leb wohl!

Steffi

Kapitel 27 – Leben

Starr wie eine Statue stand Natalie in ihrem Flur. Mit leerem Blick, kreidebleich und innerlich verhärtet. Sie wartete, doch es flossen keine Tränen. Sie fühlte keinen Stich im Herz, keine Wut, keine Trauer.

Ausgerechnet Steffi, grübelte sie.

Das Bild der Statue zerbröckelte, als Sascha mit dem Koffer an die Tür stieß. »Schatz?«

Natalies Körper zuckte zusammen und ihre Finger ließen die Schlüssel fallen. Sie blieben neben dem Brief, der ihr aus den Händen gerutscht war, liegen.

Sascha sah ihr ins Gesicht und hob die Sachen auf. »Was ist das?«

»Lies selbst, bitte«, folgte die tonlose Antwort.

Stirnrunzelnd überflog er die Zeilen.

»Das macht Ralf noch verdächtiger. Ich muss den Brief behalten, Natalie.«

Ungerührt starrte sie ins Leere.

Sascha führte sie ins Wohnzimmer und setzte sich zu ihr aufs Sofa. »Sprich mit mir.«

»Ich fühle nichts mehr«, murmelte sie. »Ich weiß nicht, ob ich sie hassen oder ihr danken soll. Und Matteo verzeihen oder mich hassen soll, weil ich so dumm war ...«

»Hey«, unterbrach er sie. »Instinktiv wusstest du, dass bei der Sache etwas nicht stimmte, und das hat dir vier Jahre keine Ruhe gelassen. Jetzt siehst du zwar das Ausmaß der Katastrophe, hast aber Klarheit.«

Sie hob den Kopf. »Danke für deine Hilfe.«

»Das ist mein Job.«

»Nein. Das hast du für mich getan.«

»Dann sind wir quitt.«

»Ohne dich hätte ich die Wahrheit nie erfahren, und Ralf wäre seiner gerechten Strafe entgangen, wenn man ihm eine Schuld nachweisen kann.«

»Ohne dich wäre ich nicht mehr am Leben.«

»Hör auf damit, das will ich nicht hören. Versprich mir, dass du nie wieder so einen Blödsinn machst!«

»Versprich mir, dass du bei mir bleibst.«

Als hätte sie auf diese Worte gewartet, griff sie in ihre Handtasche und beförderte einen Umschlag zu Tage und übergab ihn Sascha.

»Was ...?«

»Mach ihn auf!«

Nachdenklich hielt er das Teststäbchen in der Hand. »Positiv?«

»Ja. Es ist bereits der dritte Schwangerschaftstest.«

Sascha behielt sein Pokerface, keine Regung zeigte sich im Gesicht oder Stimme. »Warum hast du nichts gesagt?«

»Ich dachte, meine Wechseljahre setzten ein und schämte mich. Aber nachdem mir morgens zeitweise weiterhin schlecht wird, wollte ich Gewissheit haben, ob mir meine Hormone nicht was anderes mitteilen wollten.«

»Warst du schon beim Arzt?«

»Nein, wann denn? Ich lasse Sammy nur ungern allein.«

»Sag mir, wenn du einen Termin hast, ich nehme mir frei.«

Natalie nickte enttäuscht. »Wäre es ein Problem für dich, wenn ...?«

»Hey« Er hob ihr Kinn und sah ihr ernst in die Augen. »Ich bin gewohnt, die Dinge nüchtern zu betrachten. Du weißt, dass es von meiner Seite aus nicht geht.«

»Und wenn doch? Ich dachte, du freust dich ein bisschen.«

»Wenn es das Schicksal mit mir in meinem Leben doch noch mal gut meint, wäre ich der glücklichste Mensch der Welt, glaub mir.«

Nach dieser Nachricht einigten sie sich, die ärztliche Untersuchung abzuwarten, und versuchten sich durch ihren Arbeitsalltag abzulenken.

Nach den Feiertagen liefen die Ermittlungen in vollem Gange. Zeugen wurden befragt, die Akten hervorgeholt und verglichen. Die Staatsanwaltschaft schaltete sich ein.

Dieses Jahr erwartete Deutschland keinen bundesweiten Preiseinbruch für Bestandsobjekte im ländlichen Raum und somit duldeten Natalies Emailanfragen in der Immobilienagentur keinen Aufschub. Von ihrer Schwägerin wurde sie sehnsüchtig erwartet, nicht nur aufgrund der angehäuften Arbeit. Sie freute sich auf sie und Sammy. »Ohne euch macht das hier gar keinen Spaß«, meinte sie.

Am vorletzten Tag des Jahres nutzte Sascha den freien Tag und suchte mit Sammy den Tierarzt auf. Zeitgleich unterzog sich Natalie einer gynäkologischen Untersuchung.

Während Sammys Blutwerte Anlass zur Sorge ergaben, hielt Natalie ihrem Liebsten ein Ultraschallbild unter die Nase. »Reicht das als Beweismittel oder möchtest du noch einen Vaterschaftstest?«, lächelte sie, unsicher, wie er reagieren würde.

»Wie ist das möglich?«, staunte er und betrachtete die Schwarz-Weiß-Aufnahme.

»Achte Woche, jetzt rechne mal nach, Herr Kommissar«, strahlte sie.

»Anscheinend hatten wir beide ein Kompatibilitätsproblem mit unseren früheren Partnern.«

Er umarmte sie sanft.

»Und was ist mit Sammy?«, hauchte sie in sein Ohr.

»Gib mir noch einen Moment«, flüsterte er.

Sie konnte nicht ahnen, wie viele Jahre er auf so eine Nachricht gewartet hatte. Und was es für ihn bedeutete.

Natalie löste sich, nahm sein Gesicht in ihre Hände und sah in seine glänzenden Augen. »Sascha? «

Er wollte dieses Glücksgefühl nicht durch die folgenden Ergebnisse trüben. Doch erkannte er ihre Sorgenfalten.

274

»Laut Tierarzt sind seine Entzündungswerte hoch. Er gab ihm eine Spritze und mir Tabletten für ihn mit und jede Menge Nahrungsergänzungsmittel. Er wiegt viel zu wenig. Seine Spezialdiät sollten wir wieder durch Normalfutter ersetzen, meinte er. So kann er fressen, was ihm schmeckt, damit er bei Kräften bleibt. Als Palliativmaßnahme.«

»Oh.« Natalie nickte und senkte den Kopf. Sascha nahm sie nochmal in die Arme. »Komm her, wir drei lassen uns nicht unterkriegen.«

Fernab der Silvesterknallerei verbrachten sie den Jahreswechsel bei Natalie zu Hause und machten es sich gemütlich. Sammy, schwer beschäftigt, die Leckerlis aus der Krake heraus zu knabbern, wirkte nach der Aufbauspritze gleich agiler.

Sascha holte seine restlichen Sachen aus seiner Ulmer Wohnung, die in einen einzigen Umzugskarton passten, und zog ganz bei ihr ein. Natalie schüttelte den Kopf über seine überschaubaren Habseligkeiten. »Der Karton würde nicht mal für meine Schuhe ausreichen.«

»Tja, man wird minimalistisch, wenn man sich aufs Wesentliche beschränkt.«

Am Tag nach Neujahr konfrontierte Sascha Natalie mit der Nachricht, dass die Beweislast, der unterlassenen Hilfeleistung für Ralf erdrückend wurde. Zeugenaussagen einer damaligen Praktikantin, die mit zwei Rettungsassistenten am Unfallort eintraf, führten zu weiteren Widersprüchlichkeiten. Der jungen Frau blieb im Gedächtnis, dass die Kollegen ihr die Frage, warum kein EKG angeschlossen wurde, schuldig blieben und schwiegen. »Der weisungsbefugte Arzt hätte die Reanimation abgebrochen, das Unfallopfer für tot erklärt, da gäbe es keine Widerrede.« So die Behauptung der Sanitäter beim Nachgespräch.

Der aufgezeichnete Notruf Matteos wurde abgehört. Er ging um 7.45 Uhr ein und Matteo Santoro hatte lediglich Schmerzen am rechten Knie angegeben. Er konnte nicht auftreten. Das war keine Notarztindikation, somit wurde weder Ralf noch sonst ein Notarzt alarmiert. Steffi sagte aus, dass Ralf um 7.10 Uhr, früher als gewöhnlich, das Haus verließ. Vermutlich legte er die Ölspur und wartete auf ihn. Die Sanitäter kannten Ralf, der sich als diensthabender Notarzt ausgab, und befolgten seine Anweisungen. Sie nahmen Matteo auch nicht mit, wie Ralf behauptete, sondern verließen den Unfallort. Er selbst informierte die Polizei.

Allerdings erst um 8.30 Uhr. Er hatte also mindestens 30 Minuten Zeit, den vermutlich bis dahin nur Bewusstlosen, medikamentös oder manipulativ an einem Herzversagen sterben zu lassen. Die Untersuchungsergebnisse der Gerichtsmedizin ergab eine Patellafraktur rechts und Prellmarken an Bauch- und Brustkorb. Die Diagnose: ›Herzversagen nach inneren Blutungen‹ wurde unterschrieben. Es erfolgte keine Obduktion.

Zudem wurde nicht bestätigt, dass er zu einem anderen Notfall gerufen wurde, zumindest nicht von der Leitstelle.

Natalies Tränen liefen wie stumme Zeugen ihrer Traurigkeit über die Wangen und versiegten erst spät in der Nacht.

Am darauffolgenden Morgen riss Saschas Telefon beide aus dem Schlaf und Natalie hoffte auf die Nachricht, dass Ralf inzwischen hinter Gitter säße.

Wie eine Ohrfeige fühlte sich die Hiobsbotschaft an, dass Dr. Ralf Zimmermanns Praxis geschlossen und er spurlos verschwunden war. Seine Frau Stefanie begründete dies mit einem Streit unter den Eheleuten, gab aber keine weiteren Auskünfte über

Einzelheiten oder seinen Verbleib. Sascha leitete eine Fahndung ein.

Am späten Nachmittag nach seinem ergebnislosen Dienst bat Natalie ihn, mit Sammy Gassi zu gehen. Sie fühlte sich nach dieser Nacht nicht wohl. Frustriert, den Tatverdächtigen noch nicht in Untersuchungshaft gebracht zu haben, begann Sascha wieder mit moderatem Training im nahe gelegenen Trimm-dich-Wald, während Sammy das Tier- und Pflanzenreich erkundete.

Natalie kochte mit gerümpfter Nase die Muscheln für die seit langem geschuldeten Spaghetti alle Vongole, als ihr Handy vibrierte und Steffis Nummer anzeigte. Zunächst überlegte sie, ob sie überhaupt mit ihr sprechen wollte, aber dann fiel ihr Ralfs Verschwinden ein. Vielleicht gab es neue Informationen.

»Natti!«, kreischte Steffis aufgebrachte Stimme. »Ich glaube, Ralf ist auf dem Weg zu euch! Ich weiß nicht, was er vorhat. Seid vorsichtig, ich kenne ihn nicht wieder. Er kam aus unserem Wochenendhaus zurück und hat ... er hat ...« Sie sprach so aufgeregt, dass Natalie sie kaum verstand. »Beruhige dich Steffi, sprich langsamer, was hat er?«

»Ein Gewehr.«

Natalie erinnerte sich, dass er neben seinem Golfclub Mitglied im Jagd- und Fischereiverein war. Das Wochenendhaus nutzten sie hauptsächlich in der Jagdsaison. Aber jetzt – war keine ..., ging ihr schlagartig durch den Kopf.

»Danke« stieß sie rasch hervor und tippte mit zittrigen Händen Saschas Nummer.

Er wies sie an, alles zu verriegeln und sich im Keller zu verstecken. Die Polizei sei gleich auf dem Weg und er selbst sei in wenigen Minuten bei ihr. Als Natalie das Gespräch beendete, klingelte es an ihrer Tür.

Kapitel 28 – Ralf

Das Herz klopfte ihr bis zum Hals, die Augen weit aufgerissen, starrte sie, unfähig sich zu bewegen, auf die Tür. Sie wollte schreien, aber ihre Stimme versagte und sie brachte nur ein heiseres »Hilfe!«, heraus.

Sie vernahm eilige Schritte im Kies. Hinter dem Fenster erschien ein dunkler Schatten. Ralf spähte mit wutverzerrtem Gesicht ins Wohnzimmer und erkannte sie. »Mach die Tür auf!«, hörte sie dumpf. Sein Atem beschlug das Glas und es vibrierte, als seine schwarz behandschuhte Faust dagegen schlug. In der anderen Hand hielt er etwas, das er hinter seinem Rücken verbarg. Nur ein Stück Rohr konnte sie erkennen.

»Ja!«, rief Natalie, um Zeit zu gewinnen. »Geh zur Tür, ich komme!« Hilfesuchend drehte sie sich im Kreis, um nach einem Gegenstand zur Gegenwehr zu suchen. Sie musste ihn hinhalten, aber schon polterte er mit dem Fuß an die hölzerne Haustür. »Mach schon!«, forderte er.

»Ich suche den Schlüssel, ist was passiert?«, gaukelte sie ihm Ahnungslosigkeit vor.

»Lass mich rein oder ich trete die Tür auf!«

Sie wusste, wenn Sascha mit Sammy auftauchte, würde er die beiden in Lebensgefahr bringen. Wenn sie öffnete, sich selbst. Als Polizeibeamter wird er wissen, wie er zu handeln habe, also befolgte sie Saschas Anweisung und suchte sich ein Versteck. Ein lauter Faustschlag an der Tür ließ sie erschaudern und sie verkroch sich hinter Saschas Umzugskiste. Todesangst trieb sie zur Verzweiflung, sie zitterte, betete, hoffte, nicht den Verstand zu verlieren. Dann krachte die Tür durch den gewaltsamen Tritt Ralfs, ein zweiter und sie schlug mit einem heftigen Knall an den Garderobenschrank, dass der Spiegel in tausenden Scherben zersplitterte. Natalie stockte Atem und Herzschlag, als sich seine Schritte näherten. Im spiegelnden Glas des Wohnzimmerschranks erspähte er sie und forderte sie auf, aufzustehen. Mit erhobenen Händen tauchte sie vorsichtig hinter dem Karton auf, starrte in seine vor Wut geröteten Augen und auf das Gewehr, das er auf sie richtete. Sie weinte leise, ihre Lippen bebten: »Bitte nicht.«

»Wo ist er?«, schnauzte Ralf.

»Nicht hier«, wimmerte sie.

»Weißt du, dass – egal wer – du immer Scheiß Typen an deiner Seite hast?«

»Keiner hat dir was getan!«, verteidigte sie sich verzweifelt.

»Ach ja stimmt. DU hast mir die Bullen auf den Hals gehetzt!«, schleuderte er ihr ironisch ins Gesicht.

»Er wollte nur die Unfallursache klären.«

»Der hätte seine Schnauze aus der Sache raushalten sollen, aber dafür ist es jetzt zu spät!«

Von draußen hörte sie Hundeknurren.

Sammy wand sich heftig wie ein Aal auf Saschas Arm, sprang von ihm herunter und sauste durch die offenstehende Tür. Kläffend stürmte er auf den Eindringling zu.

Das lange Gewehr war auf die kurze Distanz nutzlos. Der Hund sprang an Ralf hoch, dass dieser das Gleichgewicht verlor, ließ von ihm ab und verbiss sich in seinem Unterschenkel. Ralf schrie auf, hob das Gewehr und versuchte, den Hund zurückzustoßen.

»Platz!«, befahl Sascha in so scharfem Ton, dass Sammy losließ und sich flink wegduckte, bevor das Metallrohr auf ihn niedersauste. Stattdessen richtete Ralf das Gewehr sofort auf Sascha und hielt ihn auf Abstand.

282

Durch Sammys Ablenkung nutzte Natalie die Chance und griff in Saschas Rucksack, den sie in der Umzugskiste entdeckte und hoffte, seine Pistole darin zu finden.

Indessen verwickelte Sascha Ralf ins Gespräch: »Rede mit mir, was willst du?«

»Das Gequatsche deiner Kollegen hättest du dir sparen können, wie du siehst, hatten sie nicht viel Erfolg.«

»Deine Chance auf ein Geständnis ist noch nicht vorbei und alles wird gut«, beschwichtigte Sascha in professionell ruhigem Ton.

Während die beiden miteinander sprachen, fand Natalie Saschas Waffe. Sie erinnerte sich, dass er an der Tankstelle das Magazin entfernt hatte. Trotzdem nahm sie die Pistole in die Hand. Als Bluff konnte sie taugen, dachte sie.

»Ich hab noch genug Chancen, aber deine sind vorbei«, sagte Ralf und richtete den Lauf auf Saschas Brust.

Langsam hob Sascha die Hände. Er sah in Natalies hübsches Gesicht, das Liebste, das er, seit sie sich kennenlernten, täglich sehen wollte und in ihre verweinten Augen, die er so gerne noch getröstet hätte. Sein Blick wanderte zu ihrem Bauch, das Kind, das sie ihm schenken wollte ...

Der Schuss war ohrenbetäubend. Der Aufschrei, der folgte, markerschütternd. Blut sprenkelte den Linoleumboden. Kurze Stille, bis er zusammensackte und auf den Boden prallte.

»Oh Gott!«, stieß Natalie aus und ließ die Waffe in den Karton fallen, als wäre sie ein giftiges Reptil, das sie loswerden wollte.

Sascha stieß mit dem Fuß das Gewehr weg und packte Ralfs Hände auf den Rücken, während der stöhnend auf dem Bauch lag. Geschickt zog er die Schnur aus seiner Jogginghose und fixierte mit geübtem Griff die Hände des Verwundeten. Dann sprang er zu Natalie und umarmte fest ihren zitternden Körper.

»Ich ... ich hab ihn erschossen«, schluchzte sie und hielt ihre Hände von ihm fern, als wären diese von der Waffe beschmutzt.

»Alles gut Schatz, er lebt noch und wird gleich abgeholt.«

»Ich dachte, du hattest das Magazin entfernt?«

»Ja, aber es war noch eine Kugel im Lauf. Gott sei Dank.«

Er wickelte Natalie in eine Decke und setzte sie auf das Sofa. Dann zog er den verschreckten Sammy unter der Essbank hervor und legte ihn zu ihr. Von weitem hörten sie den Sirenenton der Einsatzkräfte.

Bevor seine Kollegen das Haus stürmten, lief er ihnen entgegen, schilderte den Sachverhalt und bat eine Polizistin, sich währenddessen einfühlsam um Natalie zu kümmern.

Als Polizei und Sanitäter ihre Arbeit erledigten, und Sascha ihnen nochmal ausführlich erklärte, was vorgefallen war, genoss Sammy die bewundernden Blicke der Einsatzkräfte genauso wie Natalies streichelnden Hände auf seinem Rücken. Bis Sascha sich zu ihnen gesellte.

»Respekt Schatz, ich weiß, du triffst nichts, aber es wird besser. In diesem Fall hast du ihn am Hintern getroffen. Geht doch. Wie oft willst du noch mein Leben retten?«

Saschas Worte erreichten Natalie nicht. Es war zu viel gewesen.

Kapitel 29 _ Angekommen

Nach diesem schrecklichen Jahresbeginn versuchten Natalie, Sascha und Sammy zur Normalität zurückzukehren.

Wenigstens wussten sie Ralf Zimmermann hinter Gittern. Er wurde wegen Mordes und versuchten Mordes in zwei Fällen zu lebenslanger Haftstrafe verurteilt. Stefanie Zimmermann verzog unbekannt.

Sobald es schneite, kratzte der Hund an der neuen Sicherheitstür, um draußen nach den Flocken zu schnappen. Sascha übte mit Natalie das Zielen und Werfen und dabei sich selbst in Geduld.

Regelmäßige Aufbauspritzen, hochwertiges Futter und viele Streicheleinheiten führten Sammy wieder zu einer lebenswerten Vitalität zurück. Seinen Hundewagen nahmen sie trotzdem für ausgedehnte Spaziergänge mit. Sei es für Picknickzwecke oder als Jackenablage bei Ausflügen. Freiwillig benutzte Sammy ihn nur, wenn er müde war oder Herrchen sein Ausdauertraining absolvierte. In den

Transportrucksack passte er nicht mehr und Natalie durfte ihn ohnehin nicht tragen in ihrem Zustand. Medizinisch galt sie in ihrem Alter als risikoschwanger.

Um herauszufinden, ob ihm soziale Kontakte fehlten, suchten sie eine Hundeschule, die Erfahrungen mit Angsthunden hat. Dazu kontaktierte sie Sebastian, den sie damals in Bari kennenlernte, und ihr welche empfohlen hatte.

»Natalie!«, rief er erfreut, als hätte er auf ihren Anruf gewartet. Bevor sie ihr Anliegen vortragen konnte, musste sie ihm berichten, wie es ihr inzwischen mit Sammy erging. Und als sie um die Adresse einer kompetenten Hundeschule bat, bestand Sebastian nicht nur darauf, sie zu begleiten, er machte es zur Bedingung. »Mit Nelly hätte Sammy sicher eine gute Einstiegshilfe in dem Rudel«, gab er schelmisch vor.

Die Enttäuschung, als auch Sascha sich von der Schule überzeugen wollte, stand ihm ins Gesicht geschrieben, spätestens mit dem Blick auf Natalies gewölbten Bauch. Saschas berufsbedingtes Misstrauen, ob Natalie dem Charmeur mit seiner attraktiven Erscheinung auf den Leim ging, ließ seine mentalen Alarmglocken läuten. Im Gegensatz zu ihm fühlte er sich durch seine Erkrankung um

Jahre gealtert. Die Behandlungen forderten ihren Tribut an Haut und körperlicher Vitalität. Doch während beide um Natalies Aufmerksamkeit buhlten, stand für sie fest: Hier steht nur Sammy im Mittelpunkt, keine rivalisierenden verbalen Machtkämpfe. Sebastian, ganz Gentleman, wünschte dem Paar alles Gute und meldete Nelly von der Hundeschule ab.

Auf der Fahrt zurück mimte Sascha zwar den Eifersüchtigen, Natalie aber wusste, wie sie ihn aus seiner Identitätskrise wieder heraus schmeichelte. Und bei seiner Frage, warum sie sich nicht in diesen wohlsituierten Anwaltsschönling verguckt hat, antwortete sie selbstsicher: »Weil *ich* nicht auf reiche Schnösel hereinfalle, und außerdem hatte Sammy ihn in Bari schon angeknurrt«. Danach lehnte er sich entspannt und lächelnd zurück.

Nach anfänglicher Skepsis gewann Sammy Vertrauen in der Hundeschule und spielte zwei Mal pro Woche mit drei älteren gutmütigen Golden-Retriever-Damen.

Dabei ließ er mal den kindischen Clown, mal den verliebten Beschützerrüden heraushängen.

Im Frühjahr nutzten sie jedes verlängerte Wochenende, um ans Meer zu fahren. Das italienische Blut in beiden ›Männern‹ zog sie förmlich in den Süden und sie überlegten, ob sie sich ein Häuschen an der Adria mieten oder kaufen könnten.

Natalie nutzte ihre Immobilienerfahrung und überraschte Sascha an seinem Geburtstag mit einem alten Steinhaus in der Region Emilia-Romagna, nahe dem Meer. Vorerst zur Miete mit Kaufoption.

Es gab zwar Wasser, aber keinen Strom. Kochen konnte man auf einem antiken Holzfeuerherd, der gleichzeitig wärmte. Das Leben spielte sich auf der großzügigen Terrasse ab, von der man einen weiten Blick auf die Meeresbucht mit dem Sandstrand hatte. Hinter dem Haus schützte ein hoher verschnörkelter Korkeichenwald vor Einblicken. Ein Paradies, insbesondere für Sammy.

Sascha, nicht gerade ein begnadeter Handwerker, lud Martin und Sandra ein, und bot ihnen Kost und Logis als Gegenleistung für ein paar notwendige Reparaturarbeiten, für die die beiden gerne zusagten.

Bis in den Sommer reisten sie in ihr neues Domizil, mal mit, mal ohne Natalies Bruder und seiner Frau. Aber immer mit Zwischenstopp in Glurns, Saschas Heimat.

Vor dem Geburtstermin im August arbeitete Natalie nur noch im Homeoffice. Die heißen Tage und die häufigen Reisen wurden stetig beschwerlicher. Nicht nur für sie, auch für Sammy. Selbständig suchte er die kühlenden Wellen auf oder legte sich in den Schatten der Korkeichen hinter dem Haus. Aber er blieb stets in Hörweite. In Deutschland wurde die schwüle Hitze unerträglich oder es regnete. Sascha legte seinen Haupturlaub um den Geburtstermin, so kosteten sie die letzten Tage in ihrem Feriendomizil noch aus.

Die Hebamme drängte darauf, dass sie eine Woche vor der Niederkunft zurückkehrten. Natalie benötigte eine strengere Überwachung und Vorbereitung als andere Gebärende.

Am Abend vor der Abreise legte Sammy seinen Kopf auf Natalies Schoß. Zärtlich streichelte sie ihm das Fell aus den Augen. Sein ehemals trauriger Blick war schon lange einem glücklichen gewichen. »Na? Würdest du auch lieber noch ein paar Tage hierbleiben? Ich verspreche dir, wenn alles gut geht, kehren wir bald zurück, das klappt auch mit dem neuen Familienmitglied. Ich hoffe, du freust dich auch?« Ihr Hund schloss die Augen und genoss ihre Liebe.

»Hey Senior, wirst du auf deine alten Tage *noch* liebebedürftiger? Ich bin schon ganz eifersüchtig«, scherzte Sascha und wuschelte über seinen Rücken. Er leckte ihm über die Hand und trollte sich schattensuchend, Natalie sah ihm glücklich lächelnd nach, und Sascha legte die Hand auf ihren gewölbten Bauch. »Hey Kleiner, morgen gehts nach Hause.«

Sie genossen den letzten Sonnenuntergang und während Sascha die Koffer im Wagen verstaute, rief Natalie ihren Sammy.

»Er wird hinten im Wald liegen, sonst gehen wir nochmal an den Strand.«

Sammy tauchte nicht auf und er lag auch nicht an seinen Lieblingsplätzen.

»Sascha, wir müssen ihn finden, ohne ihn können wir nicht fahren. «

Bis Mitternacht suchte Sascha die Umgebung ab. Natalie wartete am Haus auf beide und rief ständig den Namen ihres Hundes, als Sascha sie schreien hörte: »Oh mein Gott!«

Bei diesen Worten wusste er, dass etwas passiert sein musste, und eilte zum Haus.

Natalie stand gekrümmt an der Tür und hielt sich den Bauch.

»Was ist los?«, rief er von weitem.

»Ich hab Schmerzen und ich kann das Wasser nicht halten.«

»Ich bring dich zur Toilette.«

»Nein, ich verliere das Fruchtwasser!«

Sascha sah das Rinnsal, das ihre Beine hinunter auf die Terrassenfliesen lief. »Leg dich hin, ich rufe den Arzt.«

»Ich kann nicht, es tut so weh.«

Sascha brachte ihr einen Stuhl. Nervös nestelte er nach seinem Handy.

»Bleib jetzt hier!«, befahl sie. »Nein, such Sammy!«, entschied sie.

»Ich rufe jetzt den Arzt.«

»Aaaaauuuuuu!« Natalies schmerzverzerrtes Gesicht zerriss Sascha das Herz. Hilflos massierte er ihren Rücken, wie es die Hebamme ihnen gezeigt hatte. Natalie atmete aus und setzte sich erleichtert auf den Stuhl. »Es ist vorbei.«

»Was?«, fragte Sascha erschrocken.

»Die Wehe.«

»Du hast schon Wehen?«

»Nein, ich schreie zum Spaß«, meinte sie aufgebracht.

»Sascha tippte die Notrufnummer am Handy.«

»Aaaaauuuuuu!«

Er schmiss das Handy auf die Polster. »Schon wieder? Der Abstand war nicht mal zwei Minuten. Ist das normal?«

»Ist mir scheiiiiiiiiiiß egal!«, stöhnte sie. Nach der Wehe brachte er sie zum Bett, aber sie weigerte sich, sich hinzulegen.

»Soll ich heiße Tücher bringen?«,

»Wozu?«, keuchte sie.

»Das hab ich mal in einem Film gesehen.«

»Aha. Hol den Verbandskasten und setz Wasser auf, du musst die Schere abkochen.«

Sascha, froh, endlich etwas tun zu können, rannte zum Wagen, holte die Koffer wieder raus und verschwand mit dem Oberkörper im Kofferraum. Danach spurtete er zurück, rutschte fast auf den nassen Fliesen aus, während der Verbandskasten in hohem Bogen in die Küche flog. Abrupt starrte er auf die Hängematte, von der aus die werdende Mutter ihn auslachte und entspannt an ihrem Orangensaft nippte.

»Hab ich was verpasst?«, staunte er.

»Wehenpause. Hast du den Arzt angerufen?«

»Scheiße.« Aufgeregt tippte er erneut auf der Tastatur herum und sprach erst auf Deutsch, besann sich und forderte dann auf Italienisch einen Arzt an.

Natalie lachte. Jetzt weiß ich, warum nur Frauen gebären.

»Ja ja, was jetzt?«

»Die Schere abkochen?« Sie sah ihn belustigt kopfschüttelnd an.

»Äh, darf ich fragen wozu?«

»Abnabeln?«

»Natalie, ich hab Angst. Was, wenn der Arzt nicht rechtzeitig kommt?«

»Wenn der sich genauso anstellt wie du, verzichte ich lieber. Ich muss es eh alleine auf die Welt bringen.« Sie versuchte, die Wehe zu veratmen, und ging ins Hecheln über. »Saschaaaa! Ich muss drücken, es kommt!« Der Schmerz zwang sie in die Hocke und Sascha schnappte sich Kissen und Polster, die er unter sie schob. Noch eine Presswehe und der Kopf erschien.

»Oh mein Gott!«, rief Sascha diesmal und stützte Natalie, die mit der nächsten Wehe ihr Kind auf die Welt schrie.

Er hielt das warme, nasse Wesen in seinen Händen, während Natalie atemlos ihren Kopf an die Wand lehnte. Als es zarte, gurgelnde Schreie von sich gab, legte er das Neugeborene behutsam auf ihren Bauch.

»Ein Junge! Und noch ein Italiener«, freute sie sich und bemerkte, wie Sascha sich über die Augen wischte.

Sammy blieb verschwunden. Die halbe Nacht suchte Sascha ihn mit der Handylampe und unermüdlichem Rufen seines Namens.

Kapitel 30 – Sammy

»Weißt du, was heute für ein Tag ist?«, fragte Natalie, als sie am Morgen ihren Sohn stillte.

»Der 31. Juli?«

»Heute vor fünf Jahren verunglückte Matteo.«

»Keine schöne Erinnerung.«

»Ist es nicht seltsam, dass ausgerechnet heute unser Kind auf die Welt kommt und Sammy spurlos verschwunden ist?«

»Er kommt bestimmt bald zurück.«

»Nein. Mein kleiner Schutzengel ist im Himmel. Er hat böse Menschen erkannt und vertrieben und uns zueinander gebracht. Er hat Unrecht zu Recht gekehrt, uns das Leben gerettet und vor Unglück bewahrt.

Jetzt, wo unser Kleiner da ist, ist seine Aufgabe erfüllt.« Beide ließen die Worte nachklingen.

Er, der in seinem kurzen Leben sich so sehr eine Familie wünschte, ein bisschen Liebe, ein bisschen Freiheit.

Natalie überdachte die gemeinsamen Monate, die ihnen geschenkt wurden, wie sehr er ihr und

Saschas Leben gelenkt hatte. Er muss eine besondere Gabe gehabt haben. Er fand den Weg zu Matteos Elternhaus, dem Eiscafé. Er knurrte bei Ricci, leckte aber die Hand Matteos' Mutter. Er suchte die Stelle auf dem Holzsteg am Levicosee auf, er blieb, als er Sascha am Abhang entdeckte. Er warnte uns vor der Gondel. Knurrte bei Steffi und stürzte sich mutig auf Ralf.

»Vielleicht war es Matteos Seele, die keine Ruhe fand ... als musste noch etwas geklärt werden.«

»Leb wohl, Sammy. Leb wohl, Matteo.

Wo immer du auch bist, du bleibst in meinem Herzen.«

Danksagung

Meiner Familie, Freundinnen und Kolleginnen für
ihre geduldige Unterstützung und tollen Bewertung.
Meiner Freundin Sandra, die mir endlose Tipps
für meinen Account gab.
Nicky Farago, die mich mit ihren spannenden
Romanen so inspiriert hat.
Manuela, meine beste Kritikerin.
Meinen Followern auf social media, die mich auf
dieser Reise begleitet haben.
Meinen ehrlichen Testlesern und Bloggerinnen.
Unserem Autorenverein.
Und mein ganz besonderer Dank gilt Hermann
Severin, der meine hochtrabende Ausdrucksweise
wieder »verbodenständigte«.

Danke!

Liebe Leserinnen, lieber Leser,

danke, dass ihr Natalie, Sascha und Sammy auf ihrer Reise ins Glück begleitet habt.

Wenn euch die Story berührt hat, habe ich mein Ziel erreicht. Wir könnten in Kontakt bleiben, schreibt mir doch, ich freue mich über Anmerkungen, Kritik und was euch besonders gefallen hat, dann flechte ich das gerne in die nächsten Bücher mit ein.

E-Mail: info@laetitia-deeg.de
Website: www.laetitia-deeg.de
Facebook: Laetitia Deeg

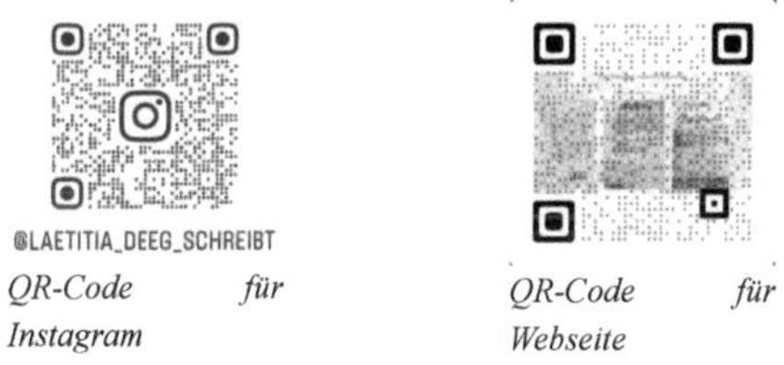

QR-Code für Instagram   *QR-Code für Webseite*

Ich sage auf Wiedersehen und umarme euch. Und wenn ihr Lust auf eine ebenso emotionale Geschichte habt, "sehen" wir uns bald wieder in meinem nächsten Roman. Hier die Vorschau:

BIS DU ZURÜCKKOMMST

Über das Buch:

Die Krankenschwester Nadine lebt auf einer deutschen Insel und hilft dem jungen amerikanischen Kurgast Ben, als dieser einen Krampfanfall erleidet. Nachdem Ben und sein älterer Bruder Tyler auf ihre Station eingewiesen werden  und der Bruder plötzlich zur Army zurückmuss, kümmert sie sich um den Jugendlichen und wartet vergeblich, dass der Soldat zurückkommt. Sie nimmt Ben zu sich und erfährt, wie die beiden durch ihre Familiengeschichte geprägt wurden. Und auch Tyler, der durch Einsätze in Krisengebiete einberufen wird, reißt sie aus ihrem eintönigen Inselleben und lässt sie nicht mehr schlafen. Bis sie endlich hinter sein Geheimnis kommt, ist es fast zu spät.

BIS DU MIR VERGIBST

Nick Jefferson, Soldat der
US Army, traf während
eines Einsatzes einen
Vorgesetzten tödlich und
wurde angeklagt. Ein Jahr
nach dem Vorfall, in dem
er mit schweren
Gewissenskonflikten zu
kämpfen hatte, sucht er die
Witwe des Mannes auf.

Als deren Tochter durch einen Zufall auf Nick
aufmerksam wird, und sich in ihn verliebt, muss er
sich entscheiden, ob seine Vergangenheit ans Licht
kommt oder er eine Familientragödie
heraufbeschwört.

JUNE UNDERCOVER

Die junge ehrgeizige Polizeibeamtin June, Tochter eines erfolgreichen Juristen, führt ein Doppelleben in der Großstadt Frankfurt. Ihre privaten Ermittlungen decken nicht nur im Untergrund Verbrechen auf, sondern bringen sie in größte Schwierigkeiten, als sie ihrem gefährlichsten Gegner in die Falle tappt – ihrem Chef.